Série

AS AVENTURAS DO CAÇA-FEITIÇO

O Aprendiz 🦇 Livro 1

A Maldição 🦇 Livro 2

O Segredo 🦇 Livro 3

A Batalha 🦇 Livro 4

O Erro 🦇 Livro 5

O Sacrifício 🦇 Livro 6

O Pesadelo 🦇 Livro 7

O Destino 🦇 Livro 8

Eu Sou Grimalkin 🦇 Livro 9

O Sangue 🦇 Livro 10

E VEM MAIS AVENTURA POR AÍ... AGUARDEM!

JOSEPH DELANEY

13ª EDIÇÃO

Tradução
Lia Wyler

Copyright © 2004, Joseph Delaney
Publicado originalmente pela Random House Children's Books

Título original: *The Spook's Apprentice*

Capa e ilustrações: David Wyatt

Editoração: DFL

Texto revisado segundo o novo
Acordo Ortográfico da Língua Portuguesa

2018
Impresso no Brasil
Printed in Brazil

CIP-Brasil. Catalogação na fonte
Sindicato Nacional dos Editores de Livros, RJ.

D378a 13ª ed.	Delaney, Joseph, 1945- O aprendiz / Joseph Delaney; tradução Lia Wyler; [capa e ilustrações David Wyatt]. – 13ª ed. – Rio de Janeiro: Bertrand Brasil, 2018. 224p. : il. ; – (As aventuras do caça-feitiço; v. 1) Tradução de: The spook's apprentice Continua com: A maldição ISBN 978-85-286-1315-5 1. Literatura juvenil inglesa. I. Wyler, Lia Alvarenga. II. Wyatt, David. III. Título. IV. Série.
08-0761	CDD – 028.5 CDU – 087.5

Todos os direitos reservados pela:
EDITORA BERTRAND BRASIL LTDA.
Rua Argentina, 171 – 2º andar – São Cristóvão
20921-380 – Rio de Janeiro – RJ
Tel.: (0XX21) 2585-2000 – Fax.: (0XX21) 2585-2084

Não é permitida a reprodução total ou parcial desta obra, por quaisquer meios, sem a prévia autorização por escrito da Editora.

Atendimento e venda direta ao leitor:
mdireto@record.com.br ou (0XX21) 2585-2002

PARA MARIE

O ponto mais alto do Condado
é marcado por um mistério.
Contam que ali morreu um homem
durante uma grande tempestade, quando
dominava um mal que ameaçava o mundo.
Depois, o gelo cobriu a terra e, quando
recuou, até as formas dos morros e os
nomes das cidades nos vales tinham
mudado. Agora, no ponto mais alto das
serras, não resta vestígio do que ocorreu
no passado, mas o nome sobreviveu.
Continuam a chamá-lo de

WARDSTONE,
A PEDRA DO GUARDIÃO.

CAPÍTULO 1
O SÉTIMO FILHO

Quando o Caça-feitiço chegou, já ia anoitecendo. Tinha sido um dia longo e trabalhoso, e eu estava pronto para jantar.

— O senhor tem certeza de que ele é o sétimo filho? — perguntou o recém-chegado, olhando para mim e balançando a cabeça em sinal de dúvida.

Papai confirmou.

— E o senhor também foi o sétimo filho?

Papai tornou a confirmar e começou a bater os pés, impaciente, sujando meu calção com salpicos de lama e estrume. A chuva pingava da copa do seu chapéu. Tinha chovido quase o mês inteiro. Já surgiam folhas novas nas árvores, mas o clima de primavera ainda ia demorar a se firmar.

Meu pai era agricultor como seu próprio pai, e a primeira lei no campo era não dividir terras. Simplesmente não se podia dividir a propriedade entre os filhos, senão ela iria minguando de geração para geração até não restar mais nada. Por isso, o pai deixa as suas terras para o filho mais velho. E procura empregos para os outros. Se possível, tenta encontrar um ofício para cada um.

Para isso, ele precisa pedir muitos favores. O ferreiro local é uma opção, principalmente se a propriedade for grande e o sitiante tiver encomendado muitos serviços em sua oficina. Então, é provável que o ferreiro lhe ofereça uma vaga de aprendiz, mas isso resolve apenas o caso de um filho.

Eu era o sétimo, e, quando chegou a minha vez, todos os favores tinham se esgotado. Meu pai se sentia tão desesperado, que estava tentando fazer o Caça-feitiço me aceitar como aprendiz. Ou, pelo menos, foi o que pensei à época. Eu devia ter imaginado, porém, que minha mãe estava por trás dessa ideia.

Aliás, estava por trás de muita coisa. Muito antes de eu nascer, eles tinham comprado o nosso sítio com o dinheiro dela. De que outro modo um sétimo filho teria posses para tanto? E mamãe não nascera no Condado. Viera de uma terra do além-mar. A maioria das pessoas não percebia, mas, quando a gente prestava muita atenção, notava uma ligeira diferença no seu modo de pronunciar certas palavras.

Não imagine, no entanto, que estavam me vendendo como escravo nem nada parecido. O trabalho no campo me entediava, e o que chamavam de "a cidade" não passava de uma aldeia onde Judas tinha perdido as botas. Com certeza, não era o lugar onde eu queria passar o resto da vida. Portanto, a ideia de me tornar um caça-feitiço até me atraiu; era muito mais interessante do que ordenhar vacas e espalhar estrume.

Porém, isso me deixava nervoso, porque era um ofício assustador. Eu ia aprender a proteger os sítios e aldeias das coisas que assombram a noite. Enfrentar vampiros, ogros e todo tipo de criaturas perversas era parte desse trabalho. Era o que o Caça-feitiço fazia, e eu ia ser seu aprendiz.

— Que idade ele tem? — perguntou o Caça-feitiço.

— Vai fazer treze em agosto próximo.

— Meio franzino para a idade. Ele sabe ler e escrever?

— Sabe — respondeu papai. — Sabe os dois e grego também. A mãe lhe ensinou e ele aprendeu a falar grego antes mesmo de aprender a andar.

O Caça-feitiço assentiu e se virou para olhar o caminho lamacento que se estendia para além do portão em direção à sede do sítio, como se estivesse tentando ouvir alguma coisa. Depois sacudiu os ombros.

— É uma vida dura para um homem, que dirá para um garoto — disse ele. — Acha que ele vai dar conta?

— Ele é forte e será da minha altura quando tiver acabado de crescer — respondeu meu pai, aprumando bem o corpo. Ao fazer isso, sua cabeça quase emparelhou com o queixo do Caça-feitiço.

Repentinamente, o homem sorriu. Era a última coisa que esperei que fizesse. Seu rosto era grande e parecia ter sido talhado em pedra. Até aquele momento, eu achara que tinha uma aparência feroz. Sua longa capa e capuz pretos faziam-no parecer um padre, mas, quando nos encarava, sua expressão carrancuda dava-lhe a aparência de um carrasco avaliando o peso do condenado para preparar a corda.

Os cabelos que saíam pela frente do capuz eram iguais à barba, grisalhos, mas as sobrancelhas eram negras e densas. Tinha também um bocado de pelos saindo das narinas, e seus olhos eram verdes, da mesma cor que os meus.

E reparei mais uma coisa. Trazia um longo bastão. É claro que notara isso assim que ele se tornara visível ao longe, mas o que não percebera até aquele momento era que o segurava com a mão esquerda.

Será que isso queria dizer que era canhoto como eu?

Era uma característica que me causara infindáveis problemas na escola da aldeia. Chegaram a chamar o padre local para me examinar, e ele não parava de balançar a cabeça e me dizer que eu precisava combater aquela tendência antes que fosse tarde demais. Nenhum dos meus irmãos era canhoto, nem meu pai. Minha mãe, porém, era desajeitada com as mãos, mas, pelo visto, isso nunca a incomodara muito; assim, quando o professor ameaçou me endireitar à força e amarrou a caneta na minha mão direita, ela me tirou da escola, e daquele dia em diante me ensinou em casa.

— Quanto vai custar para aceitar o garoto? — perguntou meu pai, interrompendo meus pensamentos. Agora eles estavam começando a negociar.

— Dois guinéus por um mês de experiência. Se ele tiver jeito, voltarei no outono e o senhor me pagará outros dez. Caso contrário, o senhor pode ficar com ele e pagará apenas mais um guinéu pelo meu incômodo.

Meu pai tornou a concordar e fecharam o negócio. Entramos no celeiro e os guinéus foram pagos, mas os dois não se apertaram as mãos. Ninguém queria tocar em um caça-feitiço. Meu pai era um homem corajoso só por chegar a dois metros dele.

— Tenho que tratar de um assunto aqui perto — disse o Caça-feitiço —, mas voltarei para buscar o rapaz assim que amanhecer. Providencie para que ele esteja pronto. Não gosto que me façam esperar.

Quando o homem foi embora, meu pai me deu um tapinha no ombro.

— Começa uma nova vida para você, filho. Vá se limpar. Sua vida de agricultor acabou.

Quando entrei na cozinha, meu irmão Jack estava abraçando sua mulher, Ellie, que erguia para ele o rosto sorridente.

Gosto muito dela. É calorosa, amiga, e faz a pessoa se sentir querida. Mamãe diz que foi bom para Jack casar com Ellie porque ele ficou menos agitado

Jack é o meu irmão mais velho e o maior de nós todos, e, como meu pai às vezes brinca, o mais bonito de uma família feia. De fato, ele é alto e forte, mas, apesar dos olhos azuis e do rosto saudável e rosado, suas sobrancelhas quase se tocam sobre a ponte do nariz; por isso, nunca concordei com aquela opinião. A única coisa que jamais discuti é que ele conseguiu atrair uma esposa boa e bonita. Ellie tem os cabelos da cor da melhor palha depois de três dias de colhida, e uma pele que realmente refulge à luz das velas.

— Vou embora amanhã cedo — eu disse sem rodeios. — O Caça-feitiço vem me buscar quando amanhecer.

O rosto de Ellie se iluminou.

— Quer dizer que ele concordou em aceitar você como aprendiz?

Confirmei com um aceno de cabeça.

— Ele me deu um mês de experiência.

— Muito bom, Tom. Fico realmente satisfeita por você — disse ela.

— Não acredito! — caçoou Jack. — Você, aprendiz de um caça-feitiço! Como pode fazer um trabalho desses quando ainda não consegue dormir sem uma vela acesa?

Achei graça em sua brincadeira, mas ele tinha razão. Por vezes, eu via coisas no escuro, e uma vela era a melhor maneira de afastá-las para eu poder dormir.

Jack veio ao meu encontro e, com um rugido, me prendeu com uma chave de braço e saiu me arrastando em volta da mesa da cozinha. Era isso que ele chamava de brincadeira. Resisti apenas o suficiente para deixá-lo feliz, e, alguns segundos depois, ele me largou e me deu palmadas nas costas.

— Muito bom, Tom — disse ele. — Vai ganhar uma fortuna nesse ofício. Só tem um problema...

— E qual é? — perguntei.

— Vai precisar de cada centavo que ganhar. Sabe por quê?

Encolhi os ombros.

— Porque os únicos amigos que terá serão os que puder comprar!

Tentei sorrir, mas havia muita verdade nas palavras de Jack. Um caça-feitiço trabalhava e vivia sozinho.

— Ah, Jack! Não seja cruel! — ralhou Ellie.

— Foi só uma brincadeira — respondeu meu irmão, como se não conseguisse entender por que sua mulher estava protestando.

Ellie, porém, olhou para mim, e não para Jack, e vi uma inesperada tristeza em seu rosto.

— Ah, Tom! Isso significa que você não estará aqui quando o bebê nascer...

Ela parecia realmente desapontada, e me entristeceu perceber que não estaria em casa para ver minha nova sobrinha. Mamãe tinha dito que o bebê de Ellie ia ser menina, e ela nunca se enganava.

— Voltarei para visitar vocês assim que puder — prometi.

Ellie tentou sorrir, e Jack passou o braço pelos meus ombros.

— Você sempre terá sua família. Sempre estaremos aqui se precisar de nós.

Uma hora depois me sentei para jantar, sabendo que, pela manhã, não estaria mais ali. Meu pai deu graças a Deus pela refeição, como fazia toda noite, e murmuramos "amém", exceto mamãe. Ela baixou os olhos para seu prato, como sempre fazia, esperando educadamente que terminássemos. Quando a reza findou, mamãe sorriu para mim. Foi um sorriso caloroso, especial, e acho que ninguém mais notou. Isso fez com que eu me sentisse melhor.

O fogo ainda ardia na lareira, enchendo a cozinha de calor. No centro de nossa grande mesa de madeira havia um castiçal de latão, que tinha sido polido a ponto de podermos nos mirar nele. A vela era de cera de abelha, e cara, mas mamãe não queria velas de sebo na cozinha por causa do cheiro. Meu pai tomava a maioria das decisões sobre o sítio, mas em algumas coisas minha mãe tinha a palavra final.

Enquanto devorávamos enormes pratos de cozido, ocorreu-me que meu pai parecia muito velho aquela noite — velho e cansado —, e havia uma expressão que passava de vez em quando pelo seu semblante, uma certa tristeza. Animou-se um pouco, no entanto, quando ele e Jack começaram a debater o preço da carne de porco e se já seria ou não hora de mandar buscar o carniceiro para abater os porcos.

— Melhor esperar mais ou menos um mês — disse meu pai. — Com certeza, o preço vai subir.

Jack sacudiu a cabeça e os dois começaram a discutir. Era uma discussão amigável, do tipo que ocorre com frequência em família, e eu percebia que meu pai estava gostando. Contudo, não participei. Meu pai mesmo dissera que minha vida no campo acabara.

Minha mãe e Ellie estavam rindo baixinho. Tentei ouvir o que diziam, mas agora Jack estava com a corda toda, sua voz ficando cada vez mais alta. Quando mamãe olhou para ele, entendi que estava dando um basta naquela gritaria.

Sem ligar para os olhares de mamãe e continuando a discutir em voz alta, Jack esticou a mão para o saleiro e, sem querer, derrubou-o, derramando um pouco de sal na mesa. Na mesma hora, ele apanhou uma pitada e atirou-a por cima do ombro esquerdo. Era uma velha superstição no Condado. Ao fazer isso, a pessoa afastava o azar que provocara ao derramar o sal.

— Jack, você não precisa pôr sal na comida — censurou-o minha mãe. — Estraga um bom cozido e ofende a cozinheira!

— Desculpe, mãe. A senhora tem razão. Está perfeito do jeito que está.

Ela sorriu para Jack e fez um aceno de cabeça para mim.

— Ninguém está dando atenção ao Tom. Isso não é modo de tratá-lo na última noite que passa em casa.

— Não faz mal, mamãe — respondi. — Fico feliz só de estar sentado aqui, escutando.

Minha mãe assentiu.

— Bom, tenho umas coisas para lhe dizer. Depois do jantar, fique na cozinha e conversaremos um pouco.

Então, depois que Jack, Ellie e meu pai foram se deitar, sentei-me em uma cadeira junto ao fogão e esperei pacientemente para ouvir o que mamãe tinha a dizer.

Minha mãe não era uma mulher muito expansiva; de início, ela não falou muito, exceto para explicar o que pusera em minha trouxa: uma calça extra, três camisas e dois bons pares de meia que só tinham sido cerzidos uma vez.

Fixei os olhos nas brasas, batendo os pés no lajeado, enquanto ela puxava sua cadeira de balanço e a colocava de frente para mim. Seus cabelos pretos estavam raiados com uns poucos fios grisalhos, mas, afora isso, sua aparência era quase a mesma do tempo em que eu era garotinho e mal chegava aos seus joelhos. Seus olhos continuavam brilhantes, e, exceto pela palidez de sua pele, ela parecia a imagem da saúde.

— Esta é a última vez que poderemos conversar em muito tempo — disse-me. — É um grande passo sair de casa e começar a vida sozinho. Por isso, se houver alguma coisa que você precise dizer, alguma coisa que precise perguntar, a hora é agora.

Não consegui pensar em uma única pergunta. De fato, nem conseguia pensar. Ouvi-la dizer tudo aquilo tinha feito lágrimas arderem nos meus olhos.

O silêncio se prolongou por muito tempo. Só se ouviam as batidas ritmadas dos meus pés no chão. Por fim, minha mãe deu um breve suspiro.

— Qual é o problema? — perguntou. — O gato comeu sua língua?

Sacudi os ombros.

— Pare de ficar se mexendo, Tom, e se concentre no que estou falando — ralhou ela. — Primeiro, você está ansioso para chegar amanhã e começar no novo emprego?

— Não tenho certeza, mamãe — respondi, lembrando-me da brincadeira de Jack sobre a necessidade de comprar amigos. — Ninguém gosta de chegar perto de um caça-feitiço. Não terei amigos. Ficarei sozinho o tempo todo.

— Não será tão ruim quanto pensa. Você terá o seu mestre para conversar. Ele será seu professor e, sem dúvida, se tornará seu amigo. E você estará o tempo todo ocupado. Ocupado, aprendendo novas habilidades. Não terá tempo para se sentir sozinho. Você não acha tudo isso novo e excitante?

— É excitante, mas o ofício me apavora. Quero segui-lo, mas não sei se conseguirei. Em parte, quero viajar e ver lugares novos, mas será duro não morar mais aqui. Vou sentir saudades de todos. Vou sentir saudades de casa.

— Você não pode continuar aqui — disse minha mãe.— Seu pai está ficando velho demais para trabalhar, e, no próximo inverno, ele vai passar o sítio para Jack. Ellie não vai demorar a ter o bebê, e, com certeza, será o primeiro de muitos; com o tempo, não haverá lugar para você aqui. Não, é melhor ir se acostumando antes que isso aconteça. Você não poderá voltar para casa.

Sua voz parecia fria e um pouco ríspida, e ouvi-la falar assim comigo me fez sentir uma dor tão profunda no peito e na garganta que eu mal conseguia respirar.

Meu único desejo era ir me deitar, mas ela ainda tinha muito que falar. Raramente eu a tinha visto dizer tantas palavras de uma única vez.

— Você tem uma tarefa a cumprir e vai cumpri-la — disse com severidade. — E não só cumpri-la, mas cumprir bem. Casei-me com seu pai porque ele era o sétimo filho. E lhe dei seis filhos para poder ter você. Você é sete vezes sete e recebeu o dom. O seu novo mestre ainda é forte, mas, de certo modo, já passou da sua melhor forma, e seu tempo está chegando ao fim.

"Durante quase sessenta anos, ele percorreu os confins do Condado, realizando o seu trabalho. Fazendo o que tem de ser feito. Logo chegará sua vez. E se você não quiser fazer, quem o fará? Quem irá velar pelas pessoas comuns? Quem as guardará do mal? Quem deixará os sítios, as aldeias e as cidades seguras para que as mulheres e as crianças possam caminhar pelas ruas e estradas rurais sem medo?"

Eu não soube o que responder e não pude fitá-la nos olhos. Apenas me esforcei para conter as lágrimas.

— Amo todos aqui em casa — continuou ela, abrandando a voz —, mas, no Condado inteiro, você é a única pessoa que realmente se parece comigo. Por enquanto é apenas um menino que ainda precisa crescer muito, mas você é o sétimo filho de um sétimo filho. Tem o dom e a força para fazer o que precisa ser feito. Sei que vou me orgulhar de você.

"Ora, muito bem — disse minha mãe, levantando-se. — Fico feliz por termos esclarecido esse assunto. Agora, vá se deitar. Amanhã será um grande dia e você vai querer estar em forma."

Ela me deu um abraço e um sorriso caloroso, e tentei de fato me alegrar e retribuir o sorriso, mas, uma vez no meu quarto, sentei-me na beira da cama, olhando sem ver e pensando no que mamãe dissera.

Minha mãe é muito respeitada na vizinhança. Ela conhece mais plantas e remédios que o médico local, e, quando há um problema no parto de um bebê, a parteira sempre manda buscá-la. É uma especialista no que ela chama de nascimentos de nádegas. Às vezes, um bebê tenta sair com os pés primeiro, mas minha mãe sabe virá-los ainda no ventre. Dezenas de mulheres no Condado lhe devem a vida.

Enfim, isso era o que meu pai sempre contava, mas mamãe era modesta e nunca mencionava nada. Continuava simplesmente a fazer o que precisava ser feito, e sei que era isso que esperava de mim. E eu queria que se orgulhasse de mim.

Será, porém, que estava falando sério, que só se casara com meu pai e tivera meus seis irmãos para poder dar a luz a mim? Não me parecia possível.

Depois de refletir, fui até a janela e me sentei na velha cadeira de vime por uns minutos, espiando pela janela que abria para o norte.

A lua saíra e banhava tudo com sua luz prateada. Eu via as terras do nosso sítio para além dos dois campos de feno e a pastagem do norte até a divisa que ficava a meio caminho do morro do Carrasco. Gostava da vista. Gostava do morro do Carrasco a distância. Gostava que fosse a última coisa que eu conseguia avistar ao longe.

Durante anos, essa tinha sido a minha rotina antes de me deitar à noite. Eu costumava contemplar aquele morro e imaginar o que haveria do outro lado. Sabia que eram apenas mais campos e, uns três quilômetros adiante, o que chamávamos de aldeia local — uma dezena de casas, uma pequena igreja e uma escola ainda menor —, mas a minha imaginação evocava outras paisagens. Por vezes, eu imaginava altos penhascos e um oceano além, ou talvez uma floresta ou uma grande cidade com altas torres e luzes cintilantes.

No momento, porém, ao contemplar o morro, lembrei-me também do meu medo. Sim, vê-lo de longe não era problema, mas não era lugar de que eu jamais quisesse me aproximar. O morro do Carrasco, como talvez já tenham desconfiado, não recebera esse nome à toa.

Três gerações antes, toda a terra fora assolada por uma guerra em que tinham tomado parte os homens do Condado. Foi a pior das guerras, uma guerra civil encarniçada, em que as famílias se dividiram e em que, por vezes, irmão combatera irmão.

No último inverno da guerra tinha havido uma importante batalha a menos de dois quilômetros ao norte, na periferia da aldeia. Quando, finalmente, terminou, o exército vencedor levou os prisioneiros para o morro e enforcou-os nas árvores da encosta norte. Enforcaram também alguns dos próprios soldados também, por terem se acovardado diante do inimigo, mas havia outra versão. Diziam que os homens tinham se recusado a lutar contra pessoas que consideravam seus vizinhos.

Nem Jack gostava de trabalhar perto da cerca dessa divisa, e os cães só entravam até uma pequena distância na mata. Quanto a mim, porque pressinto coisas que outros não pressentem, não conseguia nem trabalhar na pastagem norte. Sabe, dali eu ouvia tudo. Ouvia as cordas rangendo e os galhos gemendo sob seu peso. Ouvia os soldados sufocando ao serem enforcados do outro lado do morro.

Minha mãe tinha dito que éramos iguais. Bem, com certeza em uma coisa era igual a mim: eu sabia que ela também via coisas que os outros não viam. Certo inverno, quando eu era muito pequeno e todos os meus irmãos moravam em casa, a zoada que vinha do morro à noite era tão forte que eu podia ouvi-los até no meu quarto. Meus irmãos não ouviam nada, só eu, e por isso não conseguia dormir. Minha mãe foi ao meu quarto todas as vezes que a chamei, embora precisasse levantar quando o dia raiasse para cuidar de suas tarefas.

Por fim, ela disse que ia tirar aquilo a limpo, e uma noite subiu sozinha o morro do Carrasco e se embrenhou pelas árvores. Quando voltou, tudo silenciara, e continuou assim durante os meses seguintes.

Havia, entretanto, uma coisa em que não éramos iguais.

Minha mãe era muito mais corajosa do que eu.

CAPÍTULO 2
A CAMINHO

Levantei-me uma hora antes do amanhecer, mas mamãe já estava na cozinha preparando o café da manhã que mais gosto, ovos com bacon.

Meu pai desceu quando eu estava limpando o prato com a minha última fatia de pão. Quando nos despedimos, ele tirou uma coisa do bolso e a colocou em minhas mãos. Era um estojinho para fazer fogo, que tinha pertencido ao seu pai e, antes disso, ao seu avô. Um dos seus objetos favoritos.

— Quero que fique com isto, filho — disse ele. — Pode vir a ser útil em seu novo emprego. E volte logo para nos ver. Só porque saiu de casa não significa que não possa nos visitar.

— É hora de partir, filho — disse mamãe, aproximando-se e me dando um último abraço. — Ele está no portão. Não o faça esperar.

Éramos uma família que não gostava de muito alvoroço, e, como já tínhamos nos despedido, saí para o terreiro sozinho.

O Caça-feitiço estava do outro lado do portão, uma silhueta escura recortada contra a claridade cinzenta da manhã. O capuz na cabeça, muito ereto e alto, e o bastão na mão esquerda. Fui ao seu encontro, levando uma trouxinha com os meus pertences e me sentindo muito nervoso. Para minha surpresa, o Caça-feitiço abriu o portão e entrou no terreiro.

— Muito bem, rapaz, venha comigo! É melhor tomarmos o caminho que pretendemos seguir.

Em vez de pegar a estrada, ele rumou para o norte em direção ao morro do Carrasco, e, pouco tempo depois de estarmos atravessando a pastagem norte, meu coração começou a bater com força. Quando chegamos à cerca divisória, o Caça-feitiço a galgou sem esforço, como se tivesse a metade de sua idade, mas eu congelei. Ao apoiar as mãos no alto da cerca, já podia ouvir o ruído das árvores rangendo, seus galhos se dobrando sob o peso dos enforcados.

— Que foi, rapaz? — perguntou o Caça-feitiço, virando-se para me olhar. — Se tem medo do que está na soleira de sua porta, de pouco me servirá.

Inspirei profundamente e passei por cima da cerca. Fomos subindo; a manhã escurecia à medida que penetrávamos a sombra das árvores. Quanto mais subíamos, mais frio eu sentia, e não demorou muito comecei a tremer. Era o tipo de frio que provocava arrepios e deixava os pelinhos da nuca eriçados. Era um aviso de que havia algo errado. Eu já sentira isso antes, quando uma coisa que não era deste mundo se aproximava de mim.

Ao chegarmos ao cume do morro, avistei-os embaixo. Devia haver, no mínimo, uns cem, por vezes dois ou três pendurados na mesma árvore, usando uniformes do exército com cinturões de couro e coturnos. Tinham as mãos amarradas às costas e atitudes diversas. Alguns se debatiam desesperadamente, fazendo o galho do qual pendiam sacudir e retorcer, enquanto outros giravam lentamente na ponta das cordas para um lado e para o outro.

Observando-os, senti repentinamente um vento forte em meu rosto, um vento tão frio e violento que não poderia ser natural. As árvores se curvaram até embaixo e as folhas murcharam e começaram a cair. Em poucos instantes, todos os galhos se desfolharam. Quando o vento serenou, o Caça-feitiço pôs a mão no meu ombro e me empurrou para perto dos enforcados. Paramos a uns poucos passos do mais próximo.

— Olhe para ele — disse o Caça-feitiço. — Que está vendo?

— Um soldado morto — respondi, minha voz falhando.

— Que idade parece ter?

— No máximo, dezessete anos.

— Ótimo. Muito bem, rapaz. Agora me diga, ainda está com medo?

— Um pouquinho. Não gosto de chegar tão perto.

— Por quê? Não há o que temer. Nada disso pode lhe fazer mal. Imagine como ele deve ter se sentido. Concentre-se nele, e não em você. Em que estava pensando? Que teria achado pior?

Tentei me colocar no lugar do soldado e imaginar como devia ter sido morrer daquele jeito. A dor e o esforço para respirar deviam ter sido penosos. Poderia, no entanto, ter ocorrido algo muito pior...

— Ele poderia ter consciência de que estava morrendo e que nunca mais voltaria para casa. Que nunca mais reveria a família — disse ao Caça-feitiço.

Ao dizer isso, uma onda de pesar me envolveu. E, ao mesmo tempo, os enforcados foram gradualmente desaparecendo até ficarmos sozinhos na encosta e as árvores voltarem a se cobrir de folhas.

— Como se sente agora? Ainda está com medo?

Balancei a cabeça.

— Não. Só sinto tristeza.

— Muito bem, rapaz. Você está aprendendo. Somos os sétimos filhos de sétimos filhos, e temos o dom de ver coisas que os outros não podem ver. Mas esse dom, de vez em quando, pode se tornar uma maldição. Se tivermos medo, às vezes poderão aparecer coisas que se alimentam desse medo. O medo piora tudo para nós. O truque é nos concentrarmos no que vemos e pararmos de pensar em nós mesmos. Sempre resolve.

"Foi uma cena horrível, rapaz, mas eles são apenas sombras — continuou o Caça-feitiço. — Não podemos fazer muita coisa por eles, e, com o tempo, desaparecerão sozinhos. Dentro de uns cem anos não restará mais nada."

Senti vontade de lhe contar que minha mãe tinha dado um jeito neles uma vez, mas me calei. Contradizê-lo seria um mau começo.

— Agora, se eles fossem fantasmas, seria outra história. Podemos falar com fantasmas e dizer a eles umas verdades. Fazê-los entender que estão mortos já é uma grande bondade e um passo importante para que continuem sua jornada. Normalmente, um fantasma é um espírito confuso que está preso na Terra, sem saber o que lhe aconteceu. E, por vezes, sofre muito. Mas há outros que estão aqui com uma finalidade específica e podem ter algo a nos comunicar. Uma sombra, no entanto, é apenas um fragmento de uma alma que se foi para melhor. É o que esses são, rapaz. Apenas sombras. Você reparou na mudança que ocorreu com as árvores?

— As folhas caíram e fez muito frio, como no inverno.

— As folhas agora reapareceram. Então, você esteve vendo apenas um momento do passado. Apenas uma lembrança das maldades que ocorrem na Terra. Em geral, se você é corajoso, as sombras não podem vê-lo e não sentem nada. Uma sombra é como um reflexo em um lago, que perdura depois que seu dono já se foi. Você está entendendo?

Concordei com a cabeça.

— Certo, então esse problema está esclarecido. De vez em quando, lidaremos com os mortos, por isso é melhor você ir se acostumando. Enfim, vamos andando. Temos um longo caminho a percorrer. Tome, de agora em diante você a carregará.

O Caça-feitiço me entregou sua grande bolsa de couro e, sem sequer olhar para trás, recomeçou a subir a encosta. Acompanhei-o, escalamos o cume e descemos em meio às árvores do outro lado, em direção à estrada, que era uma escarpa distante e cinzenta serpeando para o sul no meio do quadriculado verde e castanho dos campos.

— Já fez muitas viagens, rapaz? — perguntou o Caça-feitiço por cima do ombro. — Conhece muitos lugares do Condado?

Respondi-lhe que nunca me afastara mais de dez quilômetros do sítio do meu pai. Ir ao mercado local tinha sido a minha grande viagem.

O Caça-feitiço murmurou alguma coisa, baixinho, e sacudiu a cabeça; percebi que não tinha ficado muito satisfeito com a minha resposta.

— Muito bem, suas viagens começam hoje. Estamos indo para o sul, até uma aldeia chamada Horshaw. Fica a apenas vinte e quatro quilômetros em linha reta, e precisamos alcançá-la antes de anoitecer.

Já tinha ouvido falar de Horshaw. Era uma aldeia mineira com as maiores carvoarias do Condado, uma vez que estocava a produção de dezenas de minas ao redor. Nunca imaginei conhecê-la e fiquei pensando qual poderia ser o interesse do Caça-feitiço em um lugar daqueles.

Ele andava em marcha acelerada, dando grandes passadas sem esforço. Em pouco tempo, eu estava me desdobrando para acompanhá-lo; além de carregar minha trouxinha de roupas e pertences, havia ainda a bolsa dele, que parecia pesar mais a cada minuto. Então, só para piorar, começou a chover.

Mais ou menos uma hora antes do meio-dia, o Caça-feitiço fez uma inesperada parada. Virou-se e me encarou com severidade. Naquela altura, eu o seguia a uns dez passos. Meus pés doíam e eu já começara a mancar um pouco. A estrada não era muito mais do que uma trilha que rapidamente se transformava em um lamaçal. Quando o alcancei, bati com a ponta do pé em alguma coisa, escorreguei e quase perdi o equilíbrio.

Ele fez um muxoxo e perguntou:

— Sentindo tonteiras, rapaz?

Neguei, sacudindo a cabeça. Queria dar um descanso ao meu braço, mas não me pareceu certo descarregar a bolsa do mestre na lama.

— Ótimo — aprovou o Caça-feitiço com um ar de riso; a chuva pingava das bordas de seu capuz e penetrava a sua barba. — Jamais confie em um homem tonto. Vale a pena se lembrar sempre disso.

— Não estou tonto — protestei.

— Não? — disse o Caça-feitiço, erguendo as grossas sobrancelhas.— Então devem ser as suas botas. Não vão lhe servir neste ofício.

Minhas botas eram iguais às do meu pai e do Jack, bastante resistentes e próprias para a lama e a sujeira do campo, mas exigiam tempo para a gente se acostumar. Um par novo custava umas quinze bolhas até os pés pegarem o jeito.

Olhei para as botas do Caça-feitiço. Eram de couro de boa qualidade e tinham solas muito grossas. Deviam ter custado uma fortuna, mas suponho que, para alguém que andava muito, valiam cada centavo que ele pagara. As botas pareciam flexíveis quando ele andava, e eu apostava que tinham sido confortáveis desde que as calçara pela primeira vez.

— Boas botas são importantes neste ofício — disse o Caça-feitiço. — Não dependemos de homem nem de animal para nos levar aonde precisamos ir. Se confiarmos nas pernas que temos, elas não nos deixarão na mão. Portanto, se eu finalmente resolver aceitá-lo, vou lhe comprar botas iguais às minhas. Até lá, você terá de se arranjar o melhor que puder.

Ao meio-dia, paramos para um breve descanso e nos abrigamos da chuva em um estábulo abandonado. O Caça-feitiço tirou um pano do bolso e abriu-o, revelando um bom naco de queijo amarelo.

Partiu uma pontinha e me deu. Eu já vira pior e estava com fome, por isso devorei-o. Ele próprio comeu apenas um pedacinho, antes de tornar a embrulhar o restante e guardá-lo no bolso.

Uma vez fora da chuva, ele baixou o capuz, dando-me a oportunidade de observá-lo direito pela primeira vez. À exceção da barba peluda e dos olhos de carrasco, seu traço mais marcante era o nariz, severo e afilado, com uma curvatura que sugeria um bico de pássaro. A boca, quando fechada, ficava quase oculta pelo bigode e a barba. Esta, à primeira vista, me parecera grisalha, mas, quando reparei melhor, procurando agir com a maior naturalidade possível para ele não perceber, vi que a maioria das cores do arco-íris parecia estar nascendo ali. Havia matizes de vermelho, preto, castanho e, obviamente, muito cinza, mas, como vim a perceber mais tarde, tudo dependia da luz.

"Queixo curto, caráter fraco", meu pai sempre dizia, e, de fato, ele acreditava que havia homens que usavam barba só para esconder o queixo. Olhando bem para o Caça-feitiço, porém, via-se que, apesar da barba, seu queixo era comprido, e, quando ele abria a boca, revelava dentes amarelos muito pontiagudos, mais próprios para mastigar carne sangrenta do que mordiscar queijo.

Com um arrepio, percebi subitamente que ele me lembrava um lobo. E não era apenas por sua aparência. Ele era uma espécie de predador porque caçava as trevas; sobreviver apenas com pedacinhos de queijo o deixaria sempre faminto e mesquinho. Se eu concluísse o meu aprendizado, acabaria igualzinho a ele.

— Você ainda tem fome, rapaz? — perguntou-me, seus olhos verdes penetrando os meus até eu começar a me sentir ligeiramente tonto.

Eu estava encharcado até os ossos e meus pés doíam, mas, acima de tudo, eu tinha fome. Então, confirmei, pensando que ele talvez me oferecesse mais alguma coisa, mas ele apenas balançou a cabeça e resmungou, tornando a me encarar com severidade.

— A fome é uma coisa com que terá de se acostumar. Não comemos muito quando estamos trabalhando, e, se a tarefa é muito difícil, não comemos nada até concluí-la. O jejum é a prática mais segura porque nos torna menos vulneráveis às trevas. Nos fortalece. Então é melhor que comece a treinar desde já, porque, quando chegarmos a Horshaw, vou submeter você a um pequeno teste. Vai passar a noite em uma casa mal-assombrada. E sozinho. Isso me mostrará que tipo de pessoa você é!

CAPÍTULO 3
Rua Alagada Nº 13

Chegamos a Horshaw quando o sino da igreja começava a tocar ao longe. Eram sete horas e o dia ia morrendo. Uma garoa pesada fustigava nosso rosto, mas ainda havia luz suficiente para eu concluir que jamais gostaria de morar naquele lugar e que seria melhor evitar até mesmo uma breve visita.

Horshaw era uma mancha negra no verdor dos campos, um lugarzinho sombrio e feio, com duas dezenas de fileiras de casas miseráveis encostadas fundo com fundo e, em sua maioria, agrupadas na vertente sul de um morro úmido e desolado. A área inteira era crivada de minas e tinha Horshaw ao centro. Muito acima da aldeia, havia uma grande pilha de escória que marcava a entrada de uma mina. Atrás da pilha se encontravam as carvoarias, que estocavam carvão suficiente para aquecer as maiores cidades do Condado, mesmo nos invernos mais longos.

Não demorou muito e estávamos caminhando por suas ruas tortuosas calçadas de pedras, colados às paredes negras de fuligem, para deixar o caminho livre às carroças atulhadas de pedaços de carvão que a chuva molhava e fazia brilhar. Os cavalos enormes e fortes que as puxavam se retesavam para deslocar tanta carga, e seus cascos resvalavam no calçamento úmido.

Havia pouca gente na rua, mas as cortinas rendadas se agitavam quando passávamos, e encontramos um grupo de mineiros de rostos duros que subiam penosamente o morro para começar o turno da noite. Falavam alto, mas se calaram de repente e fizeram fila indiana para passar por nós, conservando-se do lado oposto da rua. Um deles chegou a fazer o sinal da cruz.

— Vá se acostumando, rapaz — rosnou o Caça-feitiço. — Somos necessários, mas raramente bem-vindos, e em alguns lugares é pior do que em outros.

Por fim, viramos na menor e mais pobre rua de todas. Ninguém morava ali — percebia-se imediatamente. Primeiro, porque havia algumas janelas quebradas e outras pregadas com tábuas, e, embora fosse quase noite, não se viam luzes. A uma extremidade da rua havia um armazém de grãos abandonado, dois portões de madeira abertos e pendurados nas dobradiças enferrujadas.

O Caça-feitiço parou à porta da última casa. Ficava no canto mais próximo ao armazém, o único prédio da rua que tinha número. Um número de metal cravado na porta. Era *treze*, o pior e o mais azarado dos números, e imediatamente acima, na parede, havia uma placa de rua, presa por um único cravo enferrujado, que apontava quase verticalmente para as pedras do calçamento. Dizia RUA ALAGADA.

A casa tinha vidraças, mas as cortinas de renda estavam amareladas e cobertas de teias de aranha. Devia ser a tal casa mal-assombrada de que o meu mestre me avisara.

O Caça-feitiço tirou uma chave do bolso, destrancou a porta e entrou à frente na escuridão reinante. A princípio, me alegrei de ter saído da chuva, mas, quando ele acendeu uma vela e colocou-a no chão, quase no centro da pequena sala, vi que eu estaria mais confortável em um estábulo abandonado. Não havia um único móvel à vista, apenas um piso lajeado e nu e um monte de palha suja sob a janela. E a saleta era úmida, o ar, pegajoso e frio, e, à luz vacilante da vela, pude notar que saía vapor de minha boca

O que eu via era bem ruim, mas ele tinha dito que era ainda pior.

— Muito bem, rapaz, tenho negócios a tratar; portanto, vou andando, mas voltarei mais tarde. Sabe o que tem de fazer?

— Não, senhor — respondi, vigiando a vela bruxuleante, preocupado que pudesse apagar a qualquer momento.

— O que já lhe disse. Você não prestou atenção? Precisa ficar acordado em vez de sonhar. Enfim, não é nada muito difícil — explicou-me, coçando a barba como se houvesse um inseto andando nela. — Precisa apenas passar a noite aqui sozinho. Trago todos os meus novos aprendizes a esta casa velha na primeira noite, para saber de que são feitos. Ah, tem uma coisa que não lhe disse. À meia-noite, quero que desça ao porão e enfrente o que estiver escondido lá. Enfrente e estará no caminho certo para ser efetivado como meu aprendiz. Alguma pergunta?

Com certeza, eu tinha muitas perguntas, mas estava apavorado demais para ouvir as respostas. Por isso, apenas assenti e tentei evitar que o meu lábio superior tremesse.

— Como você vai saber quando for meia-noite? — perguntou-me

Encolhi os ombros. Sabia muito bem calcular o tempo pela posição do sol e das estrelas, e, se alguma vez acordava à noite, quase sempre sabia a hora exata, mas ali eu não tinha muita certeza. Em alguns lugares, o tempo parece passar mais lentamente, e eu tinha a sensação de que nesta casa velha seria assim.

De repente, lembrei-me do relógio da igreja.

— Acabou de bater sete horas — disse eu. — Vou prestar atenção para ouvir as doze badaladas.

— Muito bem, pelo menos agora você está acordado — comentou o Caça-feitiço, com um ar de riso. — Quando o relógio der meia-noite, pegue o toco de vela e use-o para enxergar o caminho para o porão. Até lá, durma, se conseguir. Agora, escute bem, precisa se lembrar de três coisas importantes. Não abra a porta da rua para ninguém, por mais forte que batam, e não se atrase para descer ao porão.

Ele deu um passo em direção à porta.

— E qual é a terceira? — perguntei, no último instante.

— A vela, rapaz. Faça o que quiser, mas não a deixe apagar...

Então, ele foi embora, fechando a porta ao passar, e fiquei sozinho. Com muito cuidado, apanhei a vela, fui até a porta da cozinha e espreitei. Não havia móveis, exceto uma pia de pedra. A porta dos fundos estava fechada, mas o vento entrava, gemendo por baixo. Havia outras duas portas à direita. Uma estava aberta, e pude ver os degraus de madeira sem passadeira que levavam aos quartos no primeiro andar. A outra, mais próxima de mim, estava fechada.

Alguma coisa naquela porta fechada me deixou inquieto, e resolvi dar uma espiada. Nervoso, agarrei a maçaneta e puxei-a. Estava difícil de abrir, e, por um momento, tive a assustadora sensação de que alguém a prendia pelo lado de dentro. Quando a puxei com mais força, ela se abriu com um tranco e me fez perder o equilíbrio. Cambaleei alguns passos para trás e quase deixei a vela cair.

Havia uma escada de pedra que desaparecia na escuridão; estava enegrecida com pó de carvão. Dobrava para a esquerda, o que me impedia de ver até embaixo, mas subia do porão uma friagem que fazia a chama da vela dançar e ameaçar se extinguir. Fechei a porta depressa e voltei à sala da frente, batendo a porta da cozinha também.

Coloquei a vela, cautelosamente, no canto oposto à porta e à janela. Uma vez seguro de que não tombaria, procurei um lugar no chão onde pudesse dormir. Não havia muita escolha. Com certeza, eu não ia dormir em cima da palha úmida, por isso me acomodei no centro da sala.

As lajes eram duras e frias, mas fechei os olhos. Uma vez adormecido, estaria longe daquela sinistra casa velha, e me senti muito confiante de que acordaria pouco antes da meia-noite.

Em geral, adormeço com facilidade, mas desta vez foi diferente. Eu não parava de tiritar de frio, e o vento começava a sacudir as vidraças. Havia também murmúrios e batidinhas que vinham das paredes. São apenas camundongos, eu não parava de repetir para mim mesmo. Estávamos acostumados com eles no sítio do meu pai. Então, de repente, ouvi um som perturbador que vinha das profundezas do porão escuro.

A princípio fraco, o que me obrigou a apurar os ouvidos, mas, aos poucos, foi crescendo até não deixar dúvida do que eu estava ouvindo. Lá embaixo, no porão, acontecia alguma coisa que não devia estar acontecendo. Alguém estava cavando ritmadamente, revolvendo a terra pesada com uma afiada pá de metal. Primeiro, ouvia-se a borda metálica da pá raspando a superfície da pedra, seguia-se um som abafado de sucção quando a pá penetrava o barro pesado e o arrancava da terra.

Isso continuou por vários minutos, até que o ruído cessou tão repentinamente quanto começara. Tudo silenciou. Até os camundongos pararam de andar. Era como se a casa, e tudo que nela havia, tivesse prendido a respiração. Pelo menos, eu tinha.

O silêncio foi quebrado por uma vibrante passada. Depois, uma sequência de passos decididamente ritmados. Eles foram ficando mais altos. E mais altos. E mais próximos...

Alguém vinha subindo as escadas do porão.

Agarrei a vela e me encolhi no canto mais afastado da sala. Tum, tum; sempre mais próximas, vinham as pisadas das botas. Quem poderia estar cavando lá embaixo, no escuro? Quem poderia estar subindo a escada agora?

Mas, talvez a questão não fosse *quem* estava subindo a escada. A questão talvez fosse *o quê*...

Ouvi a porta do porão se abrir e o som das botas na cozinha. Encolhi-me de novo no canto, tentando ficar o menor possível, esperando a porta da cozinha se escancarar.

E ela se abriu, muito lentamente, com um forte rangido. Alguma coisa entrou na sala. Senti uma friagem. Uma friagem de verdade. O tipo de friagem que me informava que ali havia alguma coisa que não pertencia a esta Terra. Era como a friagem no morro do Carrasco, só que muito, muitíssimo pior.

Ergui a vela; sua chama produziu sombras lúgubres que dançaram pelas paredes e pelo teto.

— Quem está aí? — perguntei, minha voz ainda mais trêmula do que a mão que segurava a vela.

Não recebi resposta. Até o vento lá fora emudecera.

— Quem está aí?

Novamente, não recebi resposta, mas as botas invisíveis arranharam as lajes, aproximando-se de mim. Cada vez mais perto, e, agora, eu ouvia alguém respirando. Alguma coisa grande resfolegava. Lembrou-me um enorme cavalo que tivesse acabado de puxar uma carga pesada até o topo de um morro íngreme.

No último instante, os passos se desviaram de mim e pararam junto à janela. Prendi a respiração, mas a coisa à janela parecia estar respirando por nós dois, inalando grandes haustos de ar, como se nunca fossem suficientes.

Quando eu já não podia suportar, a coisa soltou um enorme suspiro que me pareceu, ao mesmo tempo, cansado e triste, e as botas invisíveis arranharam mais uma vez o lajeado, os pesados passos se afastaram da janela e saíram em direção à porta. Quando começaram a retumbar, descendo a escada do porão, pude finalmente voltar a respirar.

Meu coração começou a desacelerar, minhas mãos pararam de tremer e, gradualmente, me acalmei. Precisava me acalmar. Ficara apavorado, mas, se aquilo era o pior que ia me acontecer aquela noite, eu aguentara bem, passara no meu primeiro teste. Ia ser aprendiz do Caça-feitiço; então, tinha que me acostumar com lugares como essa casa mal-assombrada. Fazia parte do ofício.

Passados uns cinco minutos, comecei a me sentir melhor. Cheguei mesmo a pensar em fazer uma nova tentativa de adormecer, mas, como costumava dizer meu pai, "A maldade não descansa." Não sei qual foi o meu erro, mas, repentinamente, ouvi um novo ruído que me perturbou.

A princípio, era fraco e distante — alguém batendo em uma porta. Ouvi uma pausa e novas batidas. Três batidas distintas, mas, desta vez, mais próximas. Outra pausa e mais três batidas.

Não demorei muito a entender. Alguém estava batendo com força em cada porta da rua e se aproximava aos poucos do número treze. Quando, finalmente, chegou à casa mal-assombrada, as três batidas na porta da rua foram altas o suficiente para acordar os mortos. Será que a coisa no porão subiria para atender àquele chamado? Senti-me entre a cruz e a caldeirinha: alguém do lado de fora queria entrar; alguém lá embaixo queria sair.

Então, de repente, tudo se acertou. Uma voz me chamou à porta de entrada, uma voz que reconheci.

— Tom! Tom! Abra a porta! Me deixe entrar.

Era minha mãe. Fiquei tão feliz em ouvi-la, que corri para a porta sem pensar. Chovia lá fora, e ela devia estar se molhando.

— Depressa, Tom, depressa! — mamãe chamou. — Não me deixe esperando.

Eu ia erguendo o trinco, quando me lembrei do aviso do Caça-feitiço: *"Não abra a porta da rua para ninguém, por mais forte que batam..."*

Mas, como poderia deixar minha mãe lá fora no escuro?

— Anda, Tom! Me deixe entrar! — a voz tornou a pedir.

Lembrando-me do Caça-feitiço, inspirei profundamente e tentei raciocinar. O bom-senso me dizia que não podia ser minha mãe. Por que teria me seguido tão longe? Como poderia saber aonde vínhamos? Ela não viajaria sozinha. Meu pai ou Jack a teriam acompanhado.

Não, era outra coisa esperando ali fora. Outra coisa sem mãos, que ainda conseguia bater na porta. Outra coisa sem pés, que ainda conseguia ficar em pé na rua.

As batidas recomeçaram mais fortes.

— Por favor, me deixe entrar, Tom — suplicou a voz. — Como pode ser tão insensível e cruel? Estou com frio, molhada e cansada.

Por fim, a coisa começou a chorar, e, então, tive certeza de que não poderia ser minha mãe. Mamãe era forte, nunca chorava, por pior que fosse a situação.

Passado algum tempo, os ruídos foram morrendo e cessaram de vez. Fiquei deitado no chão e tentei, mais uma vez, adormecer. Não parava de me virar; primeiro, para um lado, e depois, para o outro, mas, por mais que tentasse, não conseguia dormir. O vento recomeçou a sacudir as vidraças com mais violência e, a cada meia hora e hora cheia, o relógio da igreja marcava as horas, me avizinhando da meia-noite.

Quanto mais próxima a hora em que teria de descer ao porão, mais nervoso eu ficava. Queria passar no teste do Caça-feitiço, mas, ah, como desejava estar de volta em casa, na minha cama quente, gostosa e segura.

Então, assim que o relógio deu uma única badalada — onze e meia —, a escavação recomeçou...

Mais uma vez, ouvi o tum-tum das botas subindo a escada do porão; mais uma vez, a porta se abriu e as botas invisíveis entraram na sala. A essa altura, o único pedacinho de mim que se mexia era o coração, e socava com tanta força o meu peito que parecia prestes a me partir as costelas. Desta vez, porém, as botas não se desviaram para a janela. Continuaram a avançar. Tum! Tum! Tum! Direto para mim.

Senti que me erguiam com brutalidade pelos cabelos e pela pele da nuca, como uma gata carrega seus filhotes. Então, um braço invisível envolveu o meu corpo e prendeu os meus braços dos lados. Tentei respirar, mas foi impossível. Meu peito estava sendo esmagado.

Fui levado em direção à porta do porão. Não via quem estava me levando, mas ouvia sua respiração áspera e me debati em pânico, porque, de algum modo, eu sabia exatamente o que ia acontecer. De algum modo, eu sabia, porque ouvira o ruído de alguém cavando lá embaixo. Ia ser carregado para o porão escuro, e eu sabia que havia uma cova esperando por mim. Ia ser enterrado vivo.

Aterrorizado, tentei gritar, mas era pior do que me deixar apenas ser esmagado por aquele abraço. Eu estava paralisado e não conseguia mover um único músculo.

De repente, senti que estava caindo...

E vi-me de quatro, olhando para a porta aberta do porão, a centímetros do primeiro degrau. Em pânico, o coração tão acelerado que nem dava para contar as batidas, levantei-me de um salto e bati a porta do porão. Ainda tremendo, voltei à sala e descobri que uma das três regras do Caça-feitiço tinha sido quebrada.

A vela se apagara...

Quando me dirigi à janela, um relâmpago iluminou a sala, seguido de um estrondo do trovão quase em cima da casa. A tempestade fustigou as paredes, sacudiu as janelas e fez a porta da rua ranger e gemer, como se alguma coisa estivesse tentando entrar.

Durante uns minutos, fiquei olhando, arrasado, os relâmpagos lá fora. Era uma noite horrível, e, embora eu tivesse medo de relâmpagos, teria dado qualquer coisa para estar andando na rua qualquer coisa que me impedisse de descer ao porão.

Ao longe, o relógio da igreja começou a marcar as horas. Contei as badaladas, e foram exatamente doze. Agora, precisava encarar o que havia no porão.

Então, quando mais um relâmpago iluminou a sala, notei grandes pegadas no chão. A princípio, pensei serem do Caça-feitiço, mas eram escuras como se tivessem sido deixadas por botas sujas de pó de carvão. Vinham diretamente da porta da cozinha, iam quase até a janela, davam meia-volta e refaziam o caminho pelo qual tinham vindo. Do porão. Da escuridão aonde eu tinha que ir!

Obrigando-me a reagir, tateei pelo chão à procura do toco de vela. Depois, tentei encontrar a minha trouxinha de roupas. Embrulhada nela havia o estojinho que meu pai me dera.

Às apalpadelas, esvaziei as lascas de madeira no chão e usei a pedra e o metal para produzir faísca. Insisti até o montículo de madeira queimar por tempo suficiente para eu acender a vela. Meu pai nem imaginava que tão cedo seu presente pudesse ser tão útil.

Quando abri a porta do porão, houve mais um relâmpago, seguido de um repentino estrondo que sacudiu a casa inteira e ecoou pela escada à minha frente. Desci ao porão, a mão tremendo e o toco de vela dançando, fazendo estranhas sombras bruxulearem pela parede.

Eu não queria descer, mas, se não passasse no teste do Caça-feitiço, provavelmente estaria retomando o caminho de casa assim que clareasse o dia. Imaginei a vergonha de precisar contar a minha mãe o que acontecera.

Oito degraus, e eu já estava fazendo a curva de onde avistei o porão. Não era espaçoso, mas tinha sombras escuras nos cantos, onde a luz da vela não alcançava, e teias de aranha que pendiam do teto, formando frágeis cortinas de sujeira. Havia pedacinhos de carvão, grandes caixotes de madeira espalhados pelo chão de terra batida e uma velha mesa de madeira ao lado de um barril de cerveja. Contornei o barril e reparei que havia uma coisa no canto mais distante. Uma coisa por trás de uns caixotes, que me deixou apavorado e quase me fez largar a vela.

Era um vulto escuro, quase uma trouxa de trapos, e emitia um ruído. Um ruído fraco e ritmado, como se respirasse.

Dei um passo em direção aos trapos; depois outro, usando toda a minha força de vontade para obrigar minhas pernas a andarem. Então, quando cheguei tão perto que poderia tocá-la, a coisa repentinamente cresceu. A sombra amontoada no chão se empinou e se avultou à minha frente até ficar três ou quatro vezes maior.

Quase corri. Era alta, escura e medonha, com cintilantes olhos verdes.

Só então, notei o bastão que a coisa segurava na mão esquerda.

— Por que demorou? — quis saber o Caça-feitiço. — Está quase cinco minutos atrasado!

CAPÍTULO 4
A CARTA

—Morei nesta casa quando era criança — disse o Caça-feitiço — e vi coisas que fariam você encolher até os dedões dos pés, mas eu era o único que via, e meu pai costumava me bater por mentir. Tinha uma coisa que subia do porão. Aconteceu o mesmo com você. Acertei?

Concordei com a cabeça.

— Não precisa se preocupar, rapaz. É apenas mais uma sombra, o fragmento de uma alma atormentada que prosseguiu sua jornada. Se não deixasse a parte ruim para trás, ficaria presa aqui para sempre.

— Que foi que ela fez? — perguntei, minha voz produzindo um eco débil no teto.

O Caça-feitiço sacudiu a cabeça com ar de tristeza.

— Era um mineiro com os pulmões tão doentes que não pôde mais trabalhar. Passava os dias e as noites tossindo e tentando respirar, e sua pobre mulher sustentava os dois. Ela trabalhava em uma padaria e, infelizmente para ambos, era muito bonita. Não há muitas mulheres em quem se possa realmente confiar, e as bonitas são as piores.

"E, para agravar a situação, o marido era ciumento e a doença o deixava amargurado. Uma noite, ela voltou do trabalho muito tarde, e ele, que não tinha parado de ir à janela e andar para lá e para cá cada vez mais enraivecido, achou que a mulher estava com outro homem.

"Quando, finalmente, a mulher chegou, sua fúria era tanta que ele abriu a cabeça dela com um pedaço de carvão. Depois, deixou-a moribunda, estendida no lajeado, e foi para o porão cavar uma sepultura. A mulher ainda estava viva quando ele voltou, mas não conseguia se mexer nem pedir socorro. Esse é o terror que nos invade, porque foi o que ela sentiu quando o marido a ergueu nos braços e a levou para o porão escuro. A mulher tinha ouvido o marido cavando. Sabia o que ele ia fazer.

"Mais tarde, naquela noite, ele se suicidou. É uma história triste, e embora os dois já estejam em paz, a sombra dele continua aqui com as últimas lembranças da mulher, suficientemente fortes para atormentar gente como nós. Vemos coisas que outros não veem, o que é, ao mesmo tempo, uma bênção e uma maldição. Mas muito útil em nosso ofício."

Estremeci. Senti pena da pobre mulher que fora morta e do mineiro que a matara. Senti pena até do Caça-feitiço. Imagine ter que passar a infância em uma casa assim.

Olhei para a vela que eu colocara no centro da mesa. Estava quase queimada, e a chama iniciava uma última dança bruxuleante, mas o Caça-feitiço não deu sinal algum de querer subir. As sombras em seu rosto não estavam me agradando. Pareciam mudar gradualmente, como se estivessem formando um focinho ou outra coisa qualquer.

— Sabe como venci o medo? — perguntou-me.

— Não, senhor.

— Uma noite fiquei tão aterrorizado que berrei antes que pudesse me controlar. Acordei todo mundo, e meu pai, enfurecido, me agarrou pela nuca e me trouxe para este porão. Apanhou, então, um martelo e pregou a porta.

"Eu não era muito grande. Não devia ter mais de sete anos. Subi as escadas e, quase estourando de berrar, esmurrei a porta. Meu pai, porém, era um homem duro e me deixou aqui sozinho no escuro durante horas, até muito depois do amanhecer. Passado um tempo, me acalmei, e sabe o que fiz?"

Sacudi a cabeça negativamente, tentando não olhar para o seu rosto. Seus olhos brilhavam com intensidade e, mais que nunca, ele parecia um lobo.

— Desci as escadas e me sentei aqui no escuro. Depois, inspirei três vezes profundamente e enfrentei meu medo. Enfrentei a própria escuridão, que é o mais apavorante, principalmente para gente como nós, porque as coisas vêm a nós no escuro. Elas nos procuram aos sussurros e assumem formas que somente nossos olhos conseguem perceber. Mas foi o que fiz, e quando deixei o porão, o pior tinha passado.

Naquele momento, a vela se apagou de vez e nos mergulhou em absoluta escuridão.

— É isso aí, rapaz — disse o Caça-feitiço. — Somos apenas você, eu e a escuridão. Acha que é capaz de aguentar? Tem coragem para ser meu aprendiz?

Sua voz pareceu diferente, mais grave e estranha. Imaginei-o de quatro, pelos lupinos cobrindo seu rosto, os dentes se alongando. Eu tremia, e não consegui falar até inspirar profundamente pela terceira vez. Só então lhe dei a minha resposta.

Eram palavras que meu pai sempre repetia quando precisava fazer alguma coisa desagradável ou difícil:

— Alguém tem que fazer o serviço. Então, é melhor que seja eu.

O Caça-feitiço deve ter achado graça, porque sua risada encheu o porão e ecoou escada acima ao encontro do novo trovão que vinha descendo.

— Há quase treze anos — continuou o Caça-feitiço — me enviaram uma carta lacrada. Era breve e objetiva, e estava escrita em grego. Foi sua mãe quem a mandou. Você sabe o que continha?

— Não — respondi baixinho, imaginando o que ouviria a seguir.

— "Acabei de dar à luz um menino", ela escreveu, "e ele é o sétimo filho de um sétimo filho. Seu nome é Thomas J. Ward e ele é o meu presente a este Condado. Mandarei notícias quando ele tiver idade suficiente. Treine-o bem. Ele será o melhor aprendiz que você já teve e será também o último."

"Não usamos magia, rapaz – disse o Caça-feitiço, sua voz pouco mais que um sussurro na escuridão. — As principais ferramentas do nosso ofício são o bom-senso, a coragem e a manutenção de registros precisos para podermos aprender com o passado. E, acima de tudo, não acreditamos em profecias. Não acreditamos que o futuro seja imutável. Portanto, se o que sua mãe escreveu vier a se realizar, é porque *nós* fizemos com que se realizasse. Está entendido?"

Havia uma ponta de raiva em sua voz, mas eu sabia que não era dirigida a mim, por isso concordei com a cabeça, apesar do escuro.

— Quanto a você ser o presente de sua mãe ao Condado, todos os meus aprendizes, sem exceção, eram o sétimo filho de um sétimo filho. Portanto, não comece a pensar que você é especial. Tem muito que estudar e muito trabalho pesado pela frente.

"A família pode ser uma amolação — continuou o Caça-feitiço depois de fazer uma pausa, sua voz mais branda, sem vestígio de raiva. — Só me restam dois irmãos. Um é serralheiro, e nos damos bem, mas o outro não fala comigo faz uns quarenta anos, embora viva aqui em Horshaw."

Quando, finalmente, deixamos a casa, a tempestade cessara e a lua estava visível. Na hora em que o Caça-feitiço trancou a porta da casa, reparei pela primeira vez em um entalhe que havia na madeira.

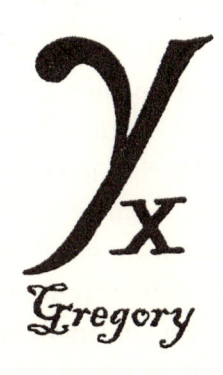

$$\gamma_x$$
Gregory

O Caça-feitiço indicou-o com a cabeça.

— Eu costumava usar sinais como esse para alertar os que ainda soubessem ler grego ou, às vezes, para exercitar minha memória. Você reconhecerá a letra gama. É o sinal para um fantasma ou uma sombra. A cruz embaixo, à direita, é o número dez em algarismos romanos, que é a menor grandeza. Qualquer coisa acima de seis é apenas uma sombra. Não há nada nessa casa que possa lhe fazer mal, não se você for corajoso. Lembre-se, a treva se alimenta do medo. Seja corajoso, e uma sombra pouco poderá fazer.

Se, ao menos, eu tivesse sabido disso desde o começo.

— Anime-se, rapaz — disse o Caça-feitiço. — Sua cara está tão comprida que vai bater nas suas botas! Quem sabe isto o alegre. — Ele tirou o pedaço de queijo amarelo do bolso, partiu um pedacinho e me deu. — Mastigue um pouco, mas não engula tudo de uma vez.

Eu o acompanhei pela rua de pedras. O ar estava úmido, mas, pelo menos, não chovia, e, para o oeste, as nuvens que lembravam carneirinhos no céu começavam a se romper e dispersar em farrapos.

Deixamos a aldeia e continuamos a viagem rumo ao sul. Quase chegando ao ponto onde a rua calçada virava uma trilha lamacenta, havia uma pequena igreja. Parecia abandonada — faltavam telhas no telhado e a tinta da porta principal estava descascando. Não tínhamos visto ninguém desde que saíramos da casa, mas havia um velho em pé à porta da igreja. Seus cabelos eram brancos, muito lisos, sujos e malcuidados.

Suas roupas escuras informavam que se tratava de um padre, mas, quando nos aproximamos, foi a expressão do seu rosto que realmente chamou minha atenção. Lançou-nos um olhar carrancudo, o rosto todo contraído. E, então, teatralmente, fez um largo sinal da cruz, chegando a ficar na ponta dos pés para iniciá-lo, esticando o indicador da mão direita para o céu o mais alto que pôde. Eu já vira padres fazerem o sinal da cruz antes, mas nunca com tanto exagero, com tanta raiva que parecia ser dirigida a nós.

Supus que tivesse algum ressentimento do Caça-feitiço ou talvez do trabalho que ele fazia. Eu sabia que seu ofício deixava nervosa a maioria das pessoas, mas nunca vira uma reação igual.

— Qual é o problema dele? — perguntei, depois que o passamos e já não dava para nos ouvir.

— Padres! — exclamou o Caça-feitiço com rispidez, uma raiva cortante em sua voz. — Sabem tudo, mas não veem nada! E aquele ali é o pior. É meu irmão.

Gostaria de saber mais, mas tive o juízo de não lhe fazer outras perguntas. Aparentemente havia muito que aprender a respeito do Caça-feitiço e seu passado, mas tive a impressão de que eram coisas que ele só me contaria quando bem entendesse.

Então, simplesmente acompanhei-o para o sul, carregando sua pesada bolsa e pensando no que minha mãe escrevera na carta. Ela nunca fora de contar vantagem nem de fazer afirmações descabidas. Minha mãe só dizia o que precisava ser dito; portanto, tencionara dizer cada palavra que escrevera. Normalmente, ela se ocupava de suas tarefas e fazia o que era necessário. O Caça-feitiço me havia dito que não tinha muito o que pudesse ser feito pelas sombras, mas, uma vez, minha mãe as silenciara no morro do Carrasco.

Sendo o sétimo filho de um sétimo filho, eu não era nada especial neste ofício — essa era a primeira condição para alguém ser aceito como aprendiz do Caça-feitiço. Contudo, eu sabia que havia uma coisa que me fazia diferente.

Eu também era filho da minha mãe.

CAPÍTULO 5
OCROS E FEITICEIRAS

Estávamos viajando para o lugar que o Caça-feitiço chamava sua "Casa de Inverno".

Enquanto caminhávamos, a última nuvem da manhã se dissipou e, de repente, percebi que havia uma coisa diferente no sol. Mesmo no Condado, por vezes, o sol brilha no inverno, o que é bom porque, pelo menos, sinaliza que não está chovendo, mas todo ano há um momento em que, de repente, percebemos, pela primeira vez, o calor do sol. É como o regresso de um velho amigo.

O Caça-feitiço devia estar pensando quase exatamente o mesmo que eu, porque inesperadamente parou, me olhou de esguelha e me deu um dos seus raros sorrisos.

— É o primeiro dia de primavera, rapaz — disse ele —, iremos, então, para Chipenden.

Pareceu-me uma frase estranha. Será que ele sempre ia para Chipenden no primeiro dia de primavera? E, se assim fosse, por que o fazia? Perguntei-lhe, então.

— Residência de verão. Passamos o inverno nos confins da charneca de Anglezarke e o verão em Chipenden.

— Nunca ouvi falar em Anglezarke. Onde fica? — indaguei

— No extremo sul do Condado, rapaz. É o lugar onde nasci. Moramos lá até meu pai se mudar para Horshaw.

Bom, pelo menos eu ouvira falar em Chipenden e me senti melhor. Ocorreu-me que, como aprendiz do Caça-feitiço, teria de viajar muito e precisaria aprender a me localizar.

Sem mais demora, mudamos o rumo da nossa viagem para nordeste, em direção às serras distantes. Não fiz mais perguntas, mas, naquela noite, quando tornamos a nos abrigar em um estábulo frio e a ceia foram mais uns pedacinhos de queijo amarelo, meu estômago começou a achar que tinham cortado a minha garganta. Nunca passara tanta fome.

Comecei a imaginar onde nos hospedaríamos em Chipenden e se lá teríamos alguma coisa decente para comer. Não conhecia ninguém que tivesse estado lá, mas supunha que fosse um lugar remoto e pouco hospitaleiro, perdido nas serras — aquelas silhuetas distantes, cinzentas e arroxeadas, que mal se avistavam do sítio do meu pai. Elas sempre me pareceram enormes feras adormecidas, mas isso, provavelmente, era culpa de um dos meus tios, que costumava me contar histórias fantásticas. À noite, dizia ele, as serras começavam a se mover, e, quando amanhecia, aldeias inteiras tinham se transformado em pó sob o seu peso.

Na manhã seguinte, escuras nuvens cinzentas cobriram mais uma vez o sol, e me pareceu que teríamos de esperar algum tempo para ver o segundo dia de primavera. O vento recomeçara a soprar, fustigando nossas roupas durante a lenta subida e arremessando os pássaros pelo céu, e as nuvens corriam para leste, como se apostassem qual chegaria primeiro para esconder os cumes das serras.

Caminhávamos devagar, e eu me sentia grato porque grandes bolhas tinham brotado nos meus calcanhares. Já era tarde quando nos aproximamos de Chipenden, e a claridade começava a sumir.

Àquela altura, embora ainda ventasse muito, o céu limpara e as serras arroxeadas se destacavam nítidas no horizonte. O Caça-feitiço não falara muito durante a viagem, mas agora parecia quase agitado, gritando os nomes dos morros um por um. Eram nomes como pico do Parlick, o mais próximo de Chipenden; os demais — uns visíveis, outros ocultos e distantes — eram conhecidos como colina do Mellor, serra da Sela e serra do Lobo.

Quando perguntei ao meu mestre se havia lobos na serra do Lobo, ele sorriu sinistramente.

— As coisas aqui mudam com rapidez, rapaz, e precisamos estar sempre alertas.

Assim que avistamos os primeiros telhados de casas, o Caça-feitiço apontou para um caminho estreito que saía da estrada e subia serpeando pela margem de um riacho borbulhante.

— Minha casa é aqui perto — disse ele. — É um caminho um pouco mais longo, mas nos permite evitar a aldeia. Gosto de manter certa distância das pessoas que vivem aqui. Elas também preferem assim.

Lembrei-me do que Jack dissera do Caça-feitiço e senti desânimo. Ele tinha razão. Era uma vida solitária. Acabava-se trabalhando sozinho.

Havia nas margens do riacho algumas árvores mirradas, que se agarravam à encosta para contrariar a força do vento, mas, inesperadamente, vi mais adiante uma mata de sicômoros e freixos; quando penetramos nela, o vento foi diminuindo até se tornar um murmúrio distante. Era apenas um grande arvoredo, talvez algumas centenas de árvores que ofereciam abrigo das rajadas do vento, mas fui percebendo que era mais do que isso.

No passado, eu já notara que algumas árvores são barulhentas, seus galhos sempre rangem ou suas folhas farfalham, enquanto outras quase não produzem ruído algum. Lá no alto, eu ouvia o murmúrio distante do vento, mas, na mata, os únicos sons audíveis eram os das nossas botas. Tudo estava muito quieto; uma mata inteira, repleta de árvores tão silenciosas, fez um arrepio subir e descer pela minha espinha. E quase me fez pensar que elas estivessem nos escutando.

Desembocamos, então, em uma clareira; defronte havia uma casa. Era cercada por uma alta sebe de pilriteiros que deixava apenas o primeiro andar e o telhado visíveis. Da chaminé saía um fio de fumaça branca. Subia reto no ar, imperturbável, até que, ao nível do topo das árvores, o vento o soprava para leste.

Reparei que a casa e o jardim estavam situados num côncavo na encosta do morro. Era como se um gigante prestativo tivesse aparecido e escavado a terra com a mão.

Acompanhei o Caça-feitiço ao longo da sebe até um portão de metal. Era baixo, não ultrapassava minha cintura e fora pintado de verde vivo, um serviço concluído havia tão pouco tempo, que me perguntei se a tinta teria secado completamente ou se iria sair na mão que o Caça-feitiço já estendia para o trinco.

De repente, aconteceu uma coisa que me fez perder o fôlego. Antes que o Caça-feitiço tocasse no trinco, a lingueta subiu sozinha e o portão se abriu lentamente, como se fosse movido por uma mão invisível.

— Obrigado — ouvi o Caça-feitiço dizer.

A porta da casa, porém, não se abriu sozinha; precisou ser destrancada com uma grande chave que o Caça-feitiço tirou do bolso. Era semelhante à que ele usara para destrancar a porta da casa na rua Alagada.

— Essa é a mesma chave que o senhor usou em Horshaw? — perguntei.

— É, rapaz — respondeu ele, lançando-me um olhar de esguelha enquanto abria a porta. — Ganhei do meu irmão serralheiro. Abre a maioria das fechaduras, desde que não sejam complicadas. É muito útil no nosso ofício.

A porta cedeu com um forte rangido e um longo gemido, e entrei atrás do Caça-feitiço em um pequeno saguão escuro. Para a direita havia uma escada íngreme, e, para a esquerda, um estreito corredor lajeado.

— Deixe tudo ao pé da escada — disse-me o Caça-feitiço. — Ande logo, rapaz. Não demore. Não temos tempo a perder. Gosto da minha comida bem quente!

Então, deixei a bolsa dele e a minha trouxa onde ele indicara e o segui pelo corredor até a cozinha, de onde vinha o aroma apetitoso de comida quente.

Quando entramos lá, não me decepcionei. Lembrei-me da cozinha da minha mãe. Havia ervas plantadas em grandes vasos no largo peitoril da janela, e o sol poente enfeitava o aposento com sombras de folhas. No canto oposto, ardia uma enorme lareira, enchendo a cozinha de calor, e, bem ao centro do piso lajeado, havia uma grande mesa de carvalho. Sobre a mesa, dois enormes pratos vazios e, no meio, cinco travessas com pirâmides de comida ao lado de uma jarra cheia até a borda de molho escaldante.

— Sente-se e coma, rapaz — convidou o Caça-feitiço, e não precisei que ele repetisse o convite.

Servi-me de dois grandes pedaços de frango e de carne, mal deixando espaço suficiente no prato para a montanha de batatas e legumes assados que acrescentei. Por fim, cobri tudo com um molho tão gostoso, que só minha mãe poderia ter feito melhor.

Fiquei imaginando onde estaria a cozinheira e como ela teria sabido a hora exata em que chegaríamos para servir a comida quente na mesa. Eu estava cheio de dúvidas, mas também cansado; por isso, poupei as energias para me alimentar. Quando engoli o último bocado, o Caça-feitiço já tinha limpado o próprio prato.

— Gostou? — perguntou-me.

Confirmei com a cabeça, quase empanturrado demais para falar. Sentia muito sono.

— Depois de uma dieta de queijo, é sempre bom voltar para casa e fazer uma refeição quente — comentou ele. — Comemos bem aqui. Para compensar o tempo que passamos trabalhando.

Tornei a concordar com a cabeça e comecei a bocejar.

—Temos muito que fazer amanhã; portanto, vá se deitar. O seu quarto é o da porta verde no alto do primeiro lance da escada — informou-me o Caça-feitiço. — Durma bem, mas fique em seu quarto e não saia por aí durante a noite. Você ouvirá uma sineta tocar quando o café da manhã estiver pronto.

Desça assim que ouvir o toque, pois uma pessoa que prepara uma boa refeição pode se aborrecer se a deixamos esfriar. Mas também não desça cedo demais, porque isso poderia ser igualmente ruim.

Assenti, agradeci-lhe pela refeição e saí pelo corredor em direção à entrada da casa. A bolsa do Caça-feitiço e a minha trouxa tinham desaparecido. Imaginando quem poderia tê-las levado, subi a escada e fui me deitar.

O quarto era bem maior do que o meu em casa, o qual, no passado, eu tivera que dividir com mais dois irmãos. O novo quarto tinha espaço para uma cama, uma mesinha com uma vela, uma cadeira e uma cômoda, mas ainda sobrava muito espaço para andar. E ali, em cima da cômoda, me esperava a trouxa com os meus pertences.

Do lado oposto à porta havia uma grande janela de guilhotina, dividida em oito caixilhos tão grossos e irregulares que eu não conseguia enxergar muita coisa lá fora, exceto espirais e círculos de cor. A janela parecia que havia anos não era aberta. A cama estava encostada na parede embaixo dela, por isso descalcei as botas, me ajoelhei na colcha e tentei abrir a janela. Apesar de emperrada, foi mais fácil do que tinha parecido. Dei uma série de puxões no cabo da roldana para levantá-la um pouco, o suficiente para enfiar minha cabeça e poder ver melhor.

Vi um amplo gramado dividido em duas partes por um caminho de seixos brancos que desaparecia sob as árvores. Por cima do arvoredo, à direita, avistei as serras, a mais próxima tão perto que me pareceu que era quase possível tocá-la se esticasse o braço. Inspirei profundamente o ar fresco e senti o cheiro de relva antes de puxar a cabeça para dentro e desatar a pequena trouxa com os meus pertences. Eles couberam perfeitamente na primeira gaveta da cômoda. Ao fechá-la, reparei, de repente, que alguém escrevera na parede oposta, nas sombras à altura dos pés da cama.

Estava coberta de nomes rabiscados com tinta preta no reboco nu. Alguns nomes eram maiores que outros, como se o autor se achasse mais importante. Muitos tinham desbotado com o tempo, e me perguntei se seriam os dos outros aprendizes que haviam dormido naquele quarto. Deveria acrescentar o meu nome ou esperar terminar o primeiro mês, quando eu fosse aceito em termos permanentes? Não tinha caneta nem tinta; portanto, pensaria nisto mais tarde, mas examinei atentamente a parede, tentando descobrir qual era o nome mais recente.

Concluí que era BILLY BRADLEY — parecia o mais nítido e fora espremido em um espacinho na parede toda escrita. Por alguns instantes, fiquei imaginando o que Billy estaria fazendo agora, mas me senti cansado e pronto para dormir.

Os lençóis estavam limpos, e a cama, convidativa; então, sem perder mais tempo, me despi e, assim que encostei a cabeça no travesseiro, adormeci.

Quando tornei a abrir os olhos, o sol estava entrando pela janela. Eu estivera sonhando e fui acordado por um barulho repentino. Achei que provavelmente era o sino para o café.

Fiquei preocupado. Teria sido, de fato, o sino me chamando para o café da manhã ou um sino no meu sonho? Como poderia ter certeza? Que deveria fazer? Achei que desagradaria a cozinheira se descesse cedo demais ou tarde demais. Portanto, concluindo que provavelmente *ouvira* o sino, me vesti e desci imediatamente.

Na descida, ouvi panelas batendo na cozinha, mas, no momento em que entreabri a porta, fez-se um silêncio mortal.

Enganara-me, então. Devia ter voltado para cima no mesmo embalo, porque era óbvio que o café não estava pronto. Os pratos da ceia da noite anterior tinham sido retirados, mas a mesa continuava vazia, e a lareira, cheia de cinzas frias. Na realidade, a cozinha estava fria e, pior ainda, parecia mais fria a cada segundo.

Meu erro foi dar um passo em direção à mesa. Ao fazer isso, ouvi um ruído rente às minhas costas. Era um ruído de raiva. Não havia a menor dúvida. Era decididamente um silvo de raiva e muito próximo do meu ouvido esquerdo. Tão próximo, que senti o seu hálito.

O Caça-feitiço tinha me alertado para não descer cedo, e, de repente, senti que estava correndo um perigo real. Assim que este pensamento me ocorreu, alguma coisa me bateu com força na parte de trás da cabeça; cambaleei em direção à porta, quase perdi o equilíbrio e me estatelei no chão.

Não precisei de um segundo aviso. Saí correndo da cozinha e subi as escadas. No meio do caminho, congelei. Havia alguém parado no alto. Um vulto grande e ameaçador, recortado contra a luz que vinha do meu quarto.

Parei, inseguro quanto à direção a tomar, até que uma voz conhecida me tranquilizou. Era o Caça-feitiço.

Foi a primeira vez que o vi sem a longa capa preta. Vestia uma túnica preta e calção cinza, e dava para ver que, embora fosse um homem alto, de ombros largos, o restante do seu corpo era magro, provavelmente porque havia dias em que o seu único alimento era um pedacinho de queijo. Lembrava os bons trabalhadores do campo quando envelheciam. Alguns, é claro, apenas engordam, mas a maioria — como os que meu pai contrata para a colheita, agora que meus irmãos já saíram de casa — é magra e tem corpos rijos e musculosos. "Mais magro, mais disposto." era o que meu pai sempre dizia e, agora, olhando para o Caça-feitiço, entendo por que era capaz de andar em passo tão acelerado e por tanto tempo sem descansar.

— Eu o alertei para não descer cedo — disse ele baixinho. — Por isso levou um tapa. Que lhe sirva de lição, rapaz. Da próxima vez, poderá ser bem pior.

— Achei que tinha ouvido o sino — expliquei. — Mas deve ter sido em sonho.

O Caça-feitiço riu com brandura.

— É uma das primeiras lições e a mais importante que um aprendiz precisa gravar: a diferença entre estar acordado e estar dormindo. Alguns nunca aprendem.

Ele balançou a cabeça, desceu em minha direção e me deu um tapinha no ombro.

— Venha, vou lhe mostrar o jardim. Temos que começar por algum lugar, e assim passaremos o tempo até o café ficar pronto.

Quando o Caça-feitiço me levou para fora, usando a porta dos fundos, constatei que o jardim era muito grande, muito maior do que me parecera quando o vira do lado de fora da sebe.

Caminhamos para leste, semicerrando os olhos contra a luz do sol nascente, até chegarmos a um amplo gramado. Na noite anterior, eu tinha achado que a sebe contornava todo o jardim, mas agora constatava que me enganara. Havia aberturas na cerca, e logo à frente ficava a mata. O caminho de seixos brancos dividia o gramado e desaparecia entre as árvores.

— Na realidade, há mais de um jardim — disse o Caça-feitiço. — São três, e chega-se a cada um deles por um caminho igual a este. Iremos ver o do leste primeiro. É bastante seguro depois do sol nascer, mas nunca ande nele depois que anoitecer. Isto é, não ande se não tiver uma forte razão, e, certamente, não faça isso sozinho.

Acompanhei, nervoso, o Caça-feitiço em direção às árvores. A relva era mais longa na orla do jardim e estava pontilhada de campainhas azuis. Gosto dessa flor porque ela nasce na primavera e sempre me lembra que os dias quentes e compridos de verão não vão demorar, mas, naquele momento, nem lhes dei atenção. As árvores esconderam o sol, e o ar repentinamente esfriou. Lembrou-me a visita à cozinha. Havia alguma coisa estranha e perigosa nesta parte da mata e eu sentia esfriar gradualmente à medida que avançávamos.

Havia ninhos de gralhas no alto das árvores, e os gritos estridentes e raivosos das aves produziam mais arrepios em mim do que o frio. Elas possuíam quase o mesmo talento musical do meu pai, que costumava cantar quando terminávamos a ordenha. Se o leite talhava, mamãe punha a culpa na sua cantoria.

O Caça-feitiço parou e apontou para o chão uns cinco passos à frente.

— Que é aquilo? — perguntou, sua voz pouco mais do que um sussurro.

A relva fora removida e, no centro de uma área de terra nua, havia uma lápide. Era vertical, mas levemente inclinada para a esquerda. À frente dela viam-se uns dois metros de terra cercada de pedras menores, o que era incomum. Havia ainda outra coisa mais estranha: na parte superior desse espaço, treze grossas barras de ferro estavam presas às pedras da cercadura por chavetas. Contei-as duas vezes para me certificar.

— Então, vamos, rapaz, fiz-lhe uma pergunta. Que é aquilo?

Minha boca estava tão seca que eu mal conseguia falar, mas gaguejei três palavras:

— É uma sepultura...

— Muito bem, rapaz. Acertou de primeira. Notou alguma coisa diferente?

Não consegui responder. Apenas confirmei com um aceno de cabeça.

Ele sorriu e me deu uma palmadinha no ombro.

— Não há o que temer. É apenas uma feiticeira morta, e das bem fracotas. Enterraram-na em solo profano, fora do adro da igreja, a alguns quilômetros daqui. Ela não parava de escavar para voltar à superfície. Tivemos uma conversa séria, mas ela não quis me escutar; então, trouxe-a para cá. As pessoas se sentem melhor assim. Podem continuar a viver em paz. Não querem pensar nessas coisas. Esse é o nosso ofício.

Tornei a concordar silenciosamente e, de repente, percebi que tinha parado de respirar e inspirei profundamente. Meu coração batia forte, ameaçando explodir no peito a cada minuto, e eu tremia da cabeça aos pés.

— Não, ela já não incomoda muito — continuou o Caça-feitiço. — Às vezes, na lua cheia, podemos ouvi-la se remexendo, mas ela não tem força para chegar à superfície; de qualquer modo, as barras de ferro a impediriam. Há, no entanto, coisas piores mais para dentro da mata — disse ele, indicando com o dedo ossudo o lado leste. — Mais uns vinte passos e chegaríamos lá.

Pior? Que poderá ser pior?, perguntei-me, mas sabia que ele iria me dizer.

— Há outras duas feiticeiras. Uma está morta, e a outra, viva. A morta está enterrada em pé, de cabeça para baixo, e ainda assim, uma ou duas vezes por ano, temos de endireitar as barras por cima de sua sepultura. Fique bem longe daqui depois do anoitecer.

— Por que a enterrou de cabeça para baixo? — perguntei.

— É uma boa pergunta, rapaz. Veja, o espírito de uma feiticeira morta, em geral, é o que chamamos "ligado aos ossos".

Elas ficam presas aos ossos, e algumas nem sabem que estão mortas. Experimentamos, primeiro, enterrá-las de cabeça para cima, e, em geral, é o bastante para a maioria. As feiticeiras são diferentes entre si, mas algumas se mostram muito obstinadas. Ainda ligada aos ossos, uma feiticeira dessas tenta, com todas as suas forças, voltar ao mundo. É como se quisesse renascer então, temos que dificultar suas tentativas e enterrá-la de cabeça para baixo. Sair com os pés à frente não é tarefa fácil. Os bebês, às vezes, têm o mesmo problema. Mas ela continua sendo perigosa; portanto, mantenha uma boa distância.

"Cuide de ficar longe também da feiticeira viva. Ela seria mais perigosa morta do que viva, porque uma criatura tão poderosa não teria problemas para retornar ao mundo. É por isso que a prendemos na cova. Seu nome é Mãe Malkin, e ela fala sozinha. Na realidade, sussurra. E é extremamente diabólica, embora esteja na cova há muito tempo e a maior parte de sua força já tenha sangrado para dentro da terra. Ela adoraria pôr as mãos em um rapaz como você. Portanto, fique bem longe daqui. Prometa-me agora que não vai se aproximar. Quero ouvir você dizer..."

— Prometo que não vou me aproximar — murmurei, sentindo-me inquieto com aquilo tudo. Parecia-me uma crueldade terrível manter uma criatura viva enterrada, mesmo sendo uma feiticeira, e eu não conseguia imaginar minha mãe aprovando essa idéia.

— Muito bem. Não queremos que aconteça mais nenhum acidente como o desta manhã. Existem coisas piores do que levar tapas. Muito piores.

Acreditei, mas não quis saber. Contudo, o Caça-feitiço tinha outras coisas para me mostrar, o que me salvou de continuar a ouvir suas palavras assustadoras. Levou-me, então, para fora da mata e entrou em outro jardim.

— Este é o jardim sul — disse-me. — Não venha aqui, tampouco, depois que escurecer.

O sol desapareceu rapidamente por trás das copas densas e o ar foi esfriando sem parar, por isso percebi que nos aproximávamos de alguma coisa ruim. O Caça-feitiço parou a uns dez passos de uma grande pedra assentada no chão, próxima às raízes de um carvalho. Cobria uma área maior do que uma sepultura, e, a julgar pela parte à superfície, era muito grossa também.

— Que acha que está enterrado aí? — perguntou o Caça-feitiço.

Tentei aparentar segurança.

— Outra feiticeira?

— Não. Não se precisa de uma laje dessas para uma feiticeira. O ferro, em geral, é suficiente. Já a coisa aí embaixo poderia escorregar pelas barras de ferro num piscar de olhos. Observe atentamente a pedra. Vê o que está gravado?

β/I
Gregory

Concordei com a cabeça. Reconheci a letra, mas não sabia o que significava.

— É a letra grega beta — disse o Caça-feitiço. — É o sinal usado para um ogro. A linha diagonal significa que ele foi amarrado artificialmente sob a pedra e o nome nos informa quem fez isso. No canto inferior direito tem o número um em algarismo romano. Significa que se trata de um ogro de primeira grandeza e muito perigoso. Anteriormente já mencionei que usamos graus de um a dez. Lembre-se disso... um dia poderá lhe salvar a vida. Um ogro de décima grandeza é tão fraco, que a maioria das pessoas nem percebe que ele está presente. O de primeira grandeza pode matá-lo instantaneamente. Custou-me uma fortuna mandar trazer esta pedra, mas valeu cada centavo. Agora ele é um ogro subjugado. Está artificialmente amarrado e aí permanecerá até o anjo Gabriel tocar a trombeta, anunciando o Juízo Final.

"Há muita coisa que você precisa aprender sobre os ogros, rapaz, e vou começar o seu treinamento logo depois do café da manhã, mas existe uma grande diferença entre os que estão presos e os que estão soltos. Um ogro em liberdade pode se deslocar quilômetros e mais quilômetros de sua casa e, se tiver vontade, praticar inúmeras maldades. Se ele for particularmente rebelde e não quiser ouvir a voz da razão, então nossa tarefa será subjugá-lo. Faça isso bem-feito e o terá amarrado artificialmente. Ele não poderá se mexer. É claro que é muito mais fácil falar do que fazer."

O Caça-feitiço, de repente, franziu a testa como se tivesse se lembrado de alguma coisa desagradável.

— Um dos meus aprendizes se meteu em sérios apuros, tentando dominar um ogro — disse ele, balançando a cabeça com ar tristonho —, mas hoje é o seu primeiro dia e falaremos disso em outra ocasião.

Naquele momento, ouvimos o som distante de um sino para os lados da casa. O Caça-feitiço sorriu.

— Estamos acordados ou estamos sonhando? — perguntou-me.

—Acordados.

—Tem certeza?

Confirmei com a cabeça.

— Nesse caso, vamos comer — disse ele. — Mostrarei o outro jardim quando estivermos de barriga cheia.

CAPÍTULO 6
A GAROTA DOS SAPATOS DE BICO FINO

A cozinha estava mudada desde a minha última visita. Havia um fogo baixo na lareira e dois pratos de ovos com bacon sobre a mesa. Havia, ainda, um pão de forma fresco e uma generosa porção de manteiga.

— Coma, rapaz, antes que esfrie — convidou o Caça-feitiço.

Comecei imediatamente, e não demorou muito limpamos os pratos cheios e acabamos com metade do pão. O Caça-feitiço recostou-se, então, em sua cadeira, cofiou a barba e me fez uma importante pergunta.

— Você não acha — disse ele, cravando os olhos nos meus — que este foi o melhor prato de ovos com bacon que já provou?

Não concordei. O café da manhã tinha sido bem preparado. Fora bom, sem dúvida, melhor do que o queijo, mas eu já provara melhores. Tinha provado melhores todas as manhãs enquanto morei em casa. Minha mãe era uma cozinheira muito superior, mas me pareceu que não era a resposta que o Caça-feitiço queria ouvir. Respondi-lhe, então, com uma mentirinha inofensiva que deixa as pessoas mais felizes quando a ouvem.

— Acho, foi o melhor café da manhã que já provei. E me arrependo de ter descido cedo demais e prometo que não vai acontecer de novo.

Ao ouvir isso, o Caça-feitiço abriu um sorriso tão grande que pensei que seu rosto fosse rachar ao meio; depois, deu-me um tapinha nas costas e me levou para o jardim.

Somente quando chegamos lá fora é que o sorriso finalmente desapareceu.

— Muito bem, rapaz — disse-me. — Há duas coisas que reagem bem aos elogios. A primeira é uma mulher e a segunda é um ogro. Sempre ficam contentes.

Bom, eu não tinha visto sinal de mulher na cozinha, o que confirmava minha suspeita — um ogro era quem cozinhava nossas refeições. O que era, no mínimo, uma surpresa. Todos achavam que um Caça-feitiço era um matador de ogros ou que os amarrava para impedir que fizessem maldades. Quem diria que tinha um ogro para fazer sua comida e a limpeza da casa.

— Este é o jardim oeste — informou-me o Caça-feitiço, quando tomamos o terceiro caminho, fazendo ranger os seixos brancos sob nossos pés. — É um lugar seguro para virmos tanto de dia quanto de noite. Eu próprio venho aqui com frequência quando preciso refletir sobre algum problema.

Passamos por outra abertura na cerca viva e logo estávamos entrando no arvoredo. Senti imediatamente a diferença. Os pássaros cantavam e as árvores balançavam suavemente à brisa matinal. Era um lugar mais feliz.

Fomos andando até emergir da sombra das árvores em uma encosta com vista para as serras à direita. O céu estava tão límpido que dava para ver as muretas de pedra que dividiam o sopé do morro em campos e delimitavam as terras de cada sitiante. De fato, a vista se abria para a direita até os picos da serra mais próxima.

O Caça-feitiço indicou com um gesto um banco de madeira à esquerda.

— Acomode-se, rapaz — convidou ele.

Obedeci e me sentei. Por alguns momentos, o Caça-feitiço ficou me olhando do alto, seus olhos verdes cravados nos meus. Começou, então, a andar para um lado e para outro diante do banco sem falar. Já não me olhava, fixava o espaço com uma expressão distante nos olhos. Depois jogou a capa para trás, enfiou as mãos nos bolsos da calça e, repentinamente, sentou-se ao meu lado e me interrogou.

— Quantos tipos de ogro você acha que existem?

Eu não fazia a menor ideia.

— Já conheço dois tipos — disse eu —, o *preso* e o *livre*, mas não seria capaz de pensar em outros.

—Você acertou duplamente, rapaz. Lembrou-se do que lhe ensinei e mostrou que não é uma pessoa que arrisca respostas sem saber. Há tantos tipos de ogros quanto há tipos de pessoas, e cada qual tem uma personalidade própria. Entendido isso, há alguns que podem ser reconhecidos e nomeados. Por vezes, em função da forma que assumem, e outras, em função do seu comportamento e dos problemas que criam.

Ele meteu a mão no bolso direito e tirou um caderno com capa de couro preto. Entregou-o a mim.

—Tome, agora é seu. Cuide dele e, haja o que houver, não o perca.

O cheiro do couro era muito forte, e o caderno parecia novo em folha. Fiquei um pouco desapontado quando o abri e descobri que todas as páginas estavam em branco. Suponho que eu esperasse vê-lo repleto de segredos do ofício de caça-feitiço — mas não, aparentemente eu é que deveria escrevê-los, e, para confirmar isso, em seguida o Caça-feitiço tirou do bolso uma caneta e um pequeno tinteiro.

— Prepare-se para anotar — disse ele, erguendo-se e recomeçando a andar de um lado para outro diante do banco. — E tenha cuidado para não derramar tinta, rapaz. Ela não sai do ubre da vaca.

Consegui destampar o tinteiro com muito cuidado, molhei nele a ponta da pena e abri o caderno na primeira página.

O Caça-feitiço já tinha começado a aula e falava muito depressa.

— Primeiro há os ogros peludos que tomam a forma de animais. A maioria são cães, mas há um número quase igual de gatos e uns poucos bodes. Não se esqueça de incluir os cavalos, eles podem ser bem trabalhosos. E seja qual for sua forma, os ogros peludos podem ser divididos em hostis, amigos ou ficar entre os dois extremos.

"Depois há os bate-portas, que podem se transformar em taca-pedras e ficar furiosos quando provocados. Um dos tipos mais nocivos é o estripa-reses, porque também gosta de sangue humano. Mas não se precipite em concluir que nós, os caça-feitiços, só lidamos com ogros porque os mortos atormentados nunca estão muito longe. E, para piorar, as feiticeiras são um grande problema no Condado. No momento, não temos nenhuma feiticeira local que nos preocupe, mas, para o leste, perto da serra de Pendle, elas são uma ameaça real. E, lembre-se nem todas as feiticeiras são iguais. Pertencem a quatro categorias básicas — as malevolentes, as benevolentes, as falsamente acusadas e as inconscientes."

A essa altura, talvez você tenha percebido, eu estava realmente enrolado. Para começar, o Caça-feitiço estava falando tão rápido que eu não conseguira anotar nem uma palavra. Em segundo lugar, eu nem conhecia todas as palavras difíceis que ele estava usando. Nesse momento, porém, ele fez uma pausa. Acho que deve ter notado a expressão atordoada no meu rosto.

— Qual é o problema, rapaz? — perguntou-me. — Ande, desembuche. Não tenha medo de fazer perguntas.

— Não entendi nada do que o senhor disse sobre as feiticeiras. Não sei o que significa malevolente. Nem benevolente.

— Malevolente significa má — explicou ele. — Benevolente significa boa. E uma feiticeira inconsciente significa que ela não sabe que é feiticeira, e por isso causa o dobro dos problemas. Nunca confie em uma mulher — disse o Caça-feitiço.

— Minha mãe é mulher — deixei escapar um pouco aborrecido —, e confio nela.

— As mães, em geral, são mulheres — respondeu o Caça-feitiço. — E, em geral, são muito confiáveis, quando se é filho delas. Do contrário, cuidado! Eu tive mãe e confiava nela, por isso me lembro muito bem do que sentia. Você gosta de garotas? — perguntou-me inesperadamente.

— Não conheço nenhuma garota — admiti. — Não tenho irmãs.

— Então, nesse caso, poderia facilmente cair vítima dos truques que usam. Portanto, cuidado com as garotas da aldeia. Especialmente as que usam sapatos de bico fino. Anote isso. É um bom começo.

Perguntei-me o que haveria de tão terrível em usar sapatos de bico fino. Eu sabia que minha mãe não ficaria nada satisfeita com o que o Caça-feitiço acabava de me dizer. Ela achava que devíamos aceitar as pessoas como são, sem depender da opinião dos outros. Contudo, não havia opção. E, no alto da primeiríssima página, anotei: *"Garotas da aldeia com sapatos de bicos finos."*

Ele me observou escrever e, em seguida, me pediu o caderno e a caneta.

— Escute — disse-me —, você vai precisar anotar mais rápido. Há muito que aprender e daqui a pouco terá enchido uma dúzia de cadernos, mas por ora três ou quatro títulos serão suficientes para começar.

Então, ele escreveu *Ogros peludos*, no alto da segunda página. Depois, *Bate-portas*, no alto da terceira; e, por fim, *Feiticeiras*, no alto da quarta página.

— Pronto — disse ele. — Já é um começo. Escreva sob esses títulos apenas o que aprendeu hoje. Mas, antes, precisamos de algo mais urgente. Precisamos de mantimentos. Portanto, vá à aldeia, ou amanhã não teremos o que comer. Nem o melhor cozinheiro é capaz de cozinhar sem mantimentos. Lembre-se de que tudo deve ser posto na minha saca. Deixei-a com o açougueiro; por isso, vá lá primeiro. Pergunte pela encomenda do sr. Gregory.

O Caça-feitiço me deu uma pequena moeda de prata, recomendando que não perdesse o troco, e me mandou descer o morro e tomar o caminho mais curto para a aldeia.

Logo eu estava atravessando mais uma vez a mata, e cheguei finalmente aos degraus na cerca em frente a uma alameda íngreme e estreita. Mais ou menos uns cem passos adiante, dobrei uma esquina e avistei os telhados cinzentos de Chipenden.

A aldeia era maior do que eu esperava. Havia, pelo menos, cem casas, um bar, uma escola e uma grande igreja com torre e sino. Não vi sinal da praça da feira, mas a rua principal, que era calçada de pedras e descia abruptamente, estava apinhada de mulheres que entravam e saíam das lojas com cestos cheios. Cavalos e carroças aguardavam de ambos os lados da rua; portanto, era evidente que as mulheres dos sitiantes locais vinham fazer compras ali e, sem dúvida, os moradores das povoações próximas também.

Encontrei o açougue sem muita dificuldade e entrei em uma fila de mulheres barulhentas, que falavam ao mesmo tempo com o açougueiro, um homem corpulento, alegre, corado, de barba muito ruiva. Ele parecia conhecer cada uma pelo nome, e elas não paravam de rir das piadas que ele contava em rápida sucessão. Não entendi a maioria, mas as mulheres com certeza entenderam e pareciam estar gostando.

Ninguém prestou muita atenção em mim, e, finalmente, cheguei ao balcão e foi a minha vez de ser atendido.

—Vim buscar a encomenda do sr. Gregory — anunciei ao açougueiro.

Assim que falei, a loja ficou silenciosa e as risadas cessaram. O açougueiro virou-se para trás e apanhou uma grande saca. Ouvi as pessoas cochichando às minhas costas, mas, mesmo apurando os ouvidos, não consegui entender o que diziam. Quando me virei, elas estavam olhando para todos os lados, menos para mim. Algumas até encaravam o chão.

Entreguei ao açougueiro a moeda de prata, contei o troco com atenção, agradeci e saí da loja com a saca. Ao chegar à rua, atirei-a sobre um ombro. A visita ao verdureiro foi rápida. As provisões estavam embrulhadas e só precisei guardá-las na saca que agora começava a ficar pesada.

Até ali tudo tinha corrido bem, mas, quando me encaminhei para a padaria, vi a turma de garotos.

Havia uns sete ou oito sentados em uma mureta de jardim. Não achei nada estranho, exceto que eles não estavam conversando — olhavam-me fixamente com rostos famintos como uma matilha de lobos, acompanhando cada passo que eu dava em direção à padaria.

Quando saí, eles continuavam ali, e, quando comecei a subir o morro, eles me seguiram. Ainda que fosse excessiva coincidência pensar que tivessem decidido justamente naquele momento subir o mesmo morro, não me preocupei. Seis irmãos tinham me dado um bom treinamento em brigas.

Ouvi o ruído de suas botas cada vez mais próximo. Estavam me alcançando rapidamente, mas talvez porque eu estivesse andando cada vez mais devagar. Entenda, eu não queria que pensassem que eu estava com medo; além disso, a saca estava pesada e a subida do morro era muito abrupta.

Eles me alcançaram uns doze passos antes dos degraus da cerca, exatamente no ponto em que a alameda dividia a mata e as árvores se aglomeravam dos lados, ocultando o sol da manhã.

— Abra a saca e vamos ver o que leva aí dentro — disse uma voz às minhas costas.

Era uma voz alta e grave, acostumada a dar ordens às pessoas. Tinha uma rispidez perigosa que me dizia que seu dono gostava de causar dor e estava sempre procurando a próxima vítima.

Virei-me para enfrentá-lo e apertei a saca com mais força, equilibrando-a com firmeza no ombro. O garoto que falara era o líder do bando. Não havia dúvida. Os outros tinham rostos magros e sofridos, como se precisassem de uma boa refeição, mas ele parecia andar se alimentando por todos. Era, pelo menos, uma cabeça mais alto que eu, tinha ombros largos e o pescoço de um touro. Seu rosto era grande, as bochechas, coradas, mas os olhos eram mínimos e pareciam jamais piscar.

Suponho que, se ele não estivesse ali e não tentasse me intimidar, eu poderia ter me compadecido. Afinal, alguns dos garotos pareciam mortos de fome, e havia muitas maçãs e bolos na saca. Por outro lado, as provisões não me pertenciam e eu não podia distribuí-las.

— A saca não é minha — respondi. — Pertence ao sr. Gregory.

— O aprendiz anterior não se incomodava com isso — respondeu o líder, aproximando sua cara enorme de mim. — Costumava abrir a saca para nós. Se você não quiser atender por bem, atenderá por mal. Mas não vai gostar muito e, no fim, o resultado será o mesmo.

O bando começou a me cercar e senti que alguém atrás de mim puxava a saca. Ainda assim, não a larguei e encarei os olhinhos de porco do líder, me esforçando para não piscar.

Naquele momento, aconteceu uma coisa que nos surpreendeu. Ouvimos um movimento entre as árvores à direita, e todos nos viramos.

Havia um vulto escuro nas sombras e, quando meus olhos se ajustaram à escuridão, percebi que era uma garota. Vinha andando lentamente em nossa direção, mas de modo tão silencioso que se poderia ouvir um alfinete cair e tão suavemente que parecia estar flutuando em vez de andar. Ela parou exatamente onde terminavam as sombras das árvores, como se não quisesse se expor ao sol.

— Por que não o deixam em paz? — exigiu saber. Parecia uma pergunta, mas o tom de sua voz me dizia que era uma ordem.

— É da sua conta? — perguntou o líder do bando, esticando o queixo para a frente e fechando os punhos.

— Não é comigo que vocês têm de se preocupar — respondeu ela, das sombras. — Lizzie voltou, e se não fizerem o que estou dizendo, será com ela que terão de prestar contas.

— Lizzie? — indagou o rapaz, recuando um passo.

— Lizzie Ossuda. Minha tia. Não me diga que nunca ouviu falar dela...

Você já sentiu o tempo esticar tanto que parece parar? Já ouviu um relógio, quando o próximo tique parece levar uma eternidade para marcar o último taque? Foi exatamente assim, até que, inesperadamente, a garota sibilou com força entre os dentes cerrados. Depois falou:

— Andem! Deem o fora! Sumam depressa ou caiam mortos!

O efeito foi imediato. Vi, de relance, as expressões de alguns rostos, e não revelavam apenas medo. Revelavam um terror beirando o pânico. O líder deu meia-volta e fugiu correndo morro abaixo com os companheiros em seus calcanhares.

Eu não sabia por que estavam tão apavorados, mas tive vontade de correr também. A garota me encarava de olhos arregalados e me senti incapaz de controlar direito as minhas pernas. Senti-me um camundongo paralisado pelo olhar de um predador prestes a avançar a qualquer momento.

Forcei o meu pé esquerdo a se mexer e lentamente virei o corpo para o arvoredo, tencionando seguir na direção em que o meu nariz apontava, mas continuei a segurar a saca do Caça-feitiço. Fosse quem fosse a garota, eu não ia soltá-la.

— Não vai sair correndo também? — perguntou-me ela.

Balancei negativamente a cabeça, mas minha boca estava muito seca e não confiei que fosse capaz de falar. Sabia que as palavras iam sair truncadas.

A garota provavelmente tinha a minha idade — talvez fosse um pouco mais nova. Seu rosto era bem bonito, seus olhos eram grandes e castanhos, as maçãs do rosto, altas, os cabelos, longos e negros. Usava um vestido preto ajustado na cintura por um cordão branco. Enquanto registrava tudo isso, notei uma coisa que me preocupou.

A garota usava sapatos de bico fino e imediatamente me lembrei do aviso do Caça-feitiço. Aguentei firme, porém, decidido a não sair correndo como os outros.

— Não vai me agradecer? — perguntou-me. — Seria bom receber um obrigado.

— Obrigado — agradeci sem muita convicção, mal conseguindo falar direito na primeira tentativa.

— Ora, já é um começo. Mas, para me agradecer como deve, você precisa me dar alguma coisa, não acha? Por ora, basta um bolo ou uma maçã. Não é pedir muito. Tem muito aí na saca e o Velho Gregory não vai notar, e, se notar, não vai dizer nada.

Fiquei chocado de ouvi-la chamar o Caça-feitiço de Velho Gregory. Sabia que ele não gostaria de ser chamado assim e isso me deu a entender duas coisas. Primeiro que a garota não o respeitava muito, e segundo que não o temia. No lugar de onde eu vinha, a maioria das pessoas tinha arrepios só de pensar que o Caça-feitiço poderia andar pela vizinhança.

— Me desculpe — respondi —, mas não posso fazer o que me pede. Não posso dar porque não são meus.

Ela me encarou com dureza e ficou em silêncio por algum tempo. Num dado momento, pensei que ia sibilar entre os dentes para mim. Retribuí com firmeza o seu olhar, tentando não piscar, até que por fim um leve sorriso iluminou seu rosto e ela tornou a falar.

— Então terei de aceitar uma promessa.

— Uma promessa? — perguntei, imaginando o que ela pretendia.

— Uma promessa de me ajudar como o ajudei Não preciso de nada agora, mas quem sabe um dia.

— Está bem. Se, no futuro, você precisar de alguma ajuda me peça.

— Como é o seu nome? — perguntou ela, abrindo um largo sorriso.

— Tom Ward.

— O meu é Alice e moro lá adiante — disse ela, apontando para o meio das árvores. — Sou a sobrinha favorita de Lizzie Ossuda.

Lizzie Ossuda era um nome estranho, mas teria sido falta de educação comentar. Fosse quem fosse, o nome tinha sido suficiente para amedrontar os garotos da aldeia.

Assim, terminou a nossa conversa. Demos as costas para seguir cada um o seu caminho, mas, ao nos afastarmos, Alice falou por cima do ombro:

— Agora cuide-se. Você não vai querer acabar como o aprendiz anterior do Velho Gregory.

— Que houve com ele? — indaguei.

— É melhor perguntar ao Velho Gregory! — gritou ela desaparecendo entre as árvores.

Quando cheguei a casa, o Caça-feitiço verificou cuidadosamente o conteúdo da saca, riscando cada item de uma lista.

— Teve algum problema na aldeia? — perguntou-me ao terminar.

— Alguns garotos me seguiram na subida do morro e me mandaram abrir a saca, mas eu me recusei.

— Você foi muito corajoso. Da próxima vez não fará mal se lhes der uns bolos e maçãs. A vida já é bem difícil e alguns vêm de famílias muito pobres. Sempre encomendo mais do que o necessário para a eventualidade de pedirem.

Fiquei aborrecido. Por que não me dissera antes?

— Não quis dar sem lhe perguntar primeiro — respondi.

O Caça-feitiço ergueu as sobrancelhas.

— Você teve vontade de dar a eles alguns bolos e maçãs?

— Não gosto de ser intimidado, mas alguns pareciam realmente famintos.

— Então, da próxima vez confie em seus instintos e use sua iniciativa. Confie em sua voz interior. Ela raramente se engana. Um caça-feitiço depende muito de seus instintos, porque às vezes eles significam a diferença entre a vida e a morte. É mais uma coisa que precisamos descobrir a seu respeito. Se você pode ou não confiar nos seus instintos.

Ele parou de falar e me olhou com atenção, seus olhos verdes estudando o meu rosto.

— Algum problema com garotas? — perguntou inesperadamente.

Eu continuava aborrecido, por isso não dei uma resposta direta à sua pergunta.

— Nenhum.

Não era uma mentira porque Alice me ajudara, o que era o contrário de um problema. Contudo, eu sabia que sua pergunta era realmente se eu encontrara alguma garota e sabia também que deveria ter mencionado Alice. Principalmente porque ela usava sapatos de bico fino.

Errei muitas vezes como aprendiz, e esse foi o meu segundo erro grave — não contar toda a verdade ao Caça-feitiço.

O primeiro, ainda mais grave, foi fazer uma promessa a Alice.

CAPÍTULO 7
ALGUÉM TEM QUE FAZER

Depois disso, minha vida entrou em uma rotina movimentada. O Caça-feitiço me ensinava com rapidez e me fazia escrever até o meu pulso doer e os olhos arderem.

Certa tarde, ele me levou para o lado mais distante da aldeia, além da última casa de pedra até um pequeno círculo de salgueiros, que, no Condado, chamamos de vimeiros. Era um lugar sombrio no qual havia uma corda pendurada em um galho. Ergui os olhos e vi um grande sino de latão.

— Quando alguém precisa de ajuda — disse o Caça-feitiço —, não vai à minha casa. Ninguém vai lá a não ser que seja convidado. Sou rigoroso nisso. A pessoa vem aqui e toca o sino. Então, vamos ao seu encontro.

O problema foi que as semanas se passaram e ninguém tocou o sino, e só fui além do jardim oeste quando chegou o dia de buscar na aldeia os mantimentos da semana. Sentia-me solitário, com saudades da família; então, foi bom que o Caça-feitiço me mantivesse ocupado — o que significava que não me sobrava tempo para pensar nos meus sentimentos. Eu sempre ia me deitar cansado e adormecia assim que minha cabeça tocava o travesseiro.

As aulas eram a parte mais interessante do dia, mas não aprendi muita coisa sobre sombras, fantasmas e feiticeiras. O Caça-feitiço me informara que o principal tópico no primeiro ano de um aprendiz eram os ogros e matérias como a botânica, o que implicava aprender tudo sobre as plantas, algumas realmente úteis como remédio ou como alimento, se não houvesse outra opção melhor. As minhas aulas, porém, não eram apenas escritas. Uma parte do aprendizado era pesada e exigia esforço físico como qualquer outro trabalho que eu tivesse feito em nosso sítio.

E começou em uma manhã morna e ensolarada, em que o Caça-feitiço me mandou guardar o caderno e me levou para o jardim sul. Deu-me duas coisas para carregar: uma pá e uma longa vara de medir.

— Os ogros em liberdade viajam ao longo de *leys* — explicou ele. — Mas, às vezes, alguma coisa desanda, em decorrência de uma tempestade ou até de um terremoto. No Condado, não há ninguém vivo que se lembre de tremores de terra, mas isso não faz diferença porque os *leys* são interligados, e o que acontece com um, mesmo que esteja a milhares de quilômetros de distância, pode afetar os demais. Então, os ogros ficam empacados em um lugar durante anos, e nós os consideramos "naturalmente amarrados". Muitas vezes eles não conseguem se deslocar mais do que uma dezena de passos para cada lado e não causam grandes problemas. A não ser que alguém se aproxime muito. Outras vezes, porém, podem ficar amarrados em lugares inconvenientes, próximos a casas ou mesmo dentro delas. Então, talvez seja preciso remover o ogro dali e amarrá-lo artificialmente em outro lugar.

— Que é um *ley*? — indaguei.

— Nem todos têm a mesma opinião, rapaz. Alguns acham que são apenas caminhos antigos que cruzam a terra em várias direções, caminhos que nossos antepassados usaram na antiguidade, quando os homens eram homens de verdade e as trevas conheciam o seu lugar. A saúde era melhor, as vidas, mais longas, e todos viviam felizes e satisfeitos.

— E que aconteceu?

— O gelo desceu do norte e a terra esfriou durante milhares de anos — explicou o Caça-feitiço. — A sobrevivência se tornou tão difícil que os homens esqueceram tudo que haviam aprendido. O conhecimento antigo perdeu sua importância. Importava apenas se manter alimentado e aquecido. Quando o gelo finalmente recuou, os sobreviventes eram caçadores que vestiam peles de animais. Tinham esquecido como plantar e criar animais. As trevas eram todo-poderosas.

"Bom, agora melhorou, apesar de ainda termos muito que avançar. Daqueles velhos tempos sobraram apenas os *leys*, mas a verdade é que eles não são simples caminhos. São realmente linhas de força nas profundezas da Terra. Caminhos secretos e invisíveis que os ogros livres podem usar para viajar a grande velocidade. São eles que causam a maior parte dos problemas. Quando se fixam em um novo lugar, na maioria das vezes não são bem-vindos. E isso os enfurece. Eles pregam peças — por vezes perigosas —, o que significa trabalho para nós. Precisam, então, ser amarrados artificialmente em uma cova. Exatamente como a que você vai cavar agora...

"Aqui é um bom lugar — disse ele, apontando para o chão junto a um enorme carvalho centenário. — Acho que aí entre as raízes, deve haver espaço suficiente."

O Caça-feitiço me entregou uma vara de medir para eu poder fazer uma cova que tivesse exatamente um metro e oitenta centímetros de comprimento, outro tanto igual de profundidade e um metro de largura. Mesmo à sombra estava quente demais para cavar, e levei horas para acertar, porque o Caça-feitiço era perfeccionista.

Depois de abrir a cova, tive que preparar uma mistura malcheirosa de sal, limalha de ferro e uma cola especial feita com ossos.

— O sal pode queimar um ogro — disse o Caça-feitiço. — O ferro, por sua vez, aterra as coisas: do mesmo modo que o raio é atraído pela terra e perde sua energia, o ferro pode, às vezes, drenar a força e a substância das coisas que assombram a escuridão. Pode pôr fim nas maldades dos ogros problemáticos. Usados juntos, o sal e o ferro formam uma barreira que os ogros não conseguem vencer. Na verdade, o sal e o ferro podem ser úteis em muitas situações.

Depois de mexer a mistura em um grande balde de metal, usei uma broxa para aplicá-la nas paredes da cova. Era como pintar, só que mais trabalhoso, e a demão de tinta tinha que ficar uniforme para impedir até o ogro mais esperto de escapar.

— Faça um serviço bem-feito, rapaz — disse-me o Caça-feitiço. — Um ogro é capaz de fugir por um furinho do tamanho de uma cabeça de alfinete.

É claro que, assim que terminei a cova como queria o Caça-feitiço, precisei tornar a enchê-la e recomeçar. Ele me fez cavar duas covas por semana para praticar, o que era um serviço pesado que me fazia transpirar e ocupava uma boa parte do meu tempo. Era também um pouco assustador, porque eu trabalhava ao lado de covas que realmente continham ogros, e, mesmo à luz do dia, o lugar era sinistro. Reparei, no entanto, que o meu mestre jamais se distanciava muito e sempre parecia me vigiar com atenção, comentando que nunca se devia correr riscos com ogros, mesmo quando estavam amarrados.

O Caça-feitiço também me disse que eu precisaria conhecer cada centímetro do Condado — todas as cidades e aldeias e o caminho mais curto entre dois pontos. O problema era que, embora ele dissesse que guardava muitos mapas na biblioteca, no primeiro andar da casa, dava sempre a impressão de querer que eu fizesse as coisas do modo mais penoso; por isso, começou por me mandar desenhar o meu próprio mapa.

No centro ficavam a casa dele e os jardins, e o mapa deveria incluir a aldeia e a serra mais próxima. A ideia era ampliá-lo gradualmente para incluir áreas cada vez maiores dos campos vizinhos. O desenho, porém, não era o meu forte e, como já mencionei, o Caça-feitiço era perfeccionista; por isso, o mapa custou muito a crescer. Somente então, ele começou a me mostrar os seus próprios mapas, mas me fez gastar mais tempo dobrando-os cuidadosamente quando terminava do que, de fato, estudando-os.

Comecei também a escrever um diário. O Caça-feitiço me deu outro caderno e me recomendou, pela milésima, vez que eu precisava registrar o passado para poder aprender as lições que ele encerrava. Contudo, eu não fazia isso todo dia; algumas vezes, ficava cansado demais, e outras, meu pulso doía demais de tanto escrever com rapidez no outro caderno, tentando acompanhar o ditado do meu mestre.

Então, certa manhã ao café, quando eu já estava a serviço do Caça-feitiço havia um mês, ele me perguntou:

— Até agora, que está achando, rapaz?

Fiquei em dúvida se ele estaria se referindo ao café da manhã. Talvez fosse servir outro prato para compensar o bacon, que estava meio queimado naquela manhã. Então, encolhi os ombros. Não queria ofender o ogro que, provavelmente, estava escutando.

— Bom, é um ofício pesado e eu não o culparia se resolvesse desistir agora — disse ele. — Depois do primeiro mês, sempre dou a cada aprendiz a chance de voltar em casa e refletir se quer ou não continuar. Gostaria de fazer o mesmo?

Fiz um grande esforço para não parecer ansioso demais, mas não pude deixar de sorrir. O problema foi que quanto mais eu sorria, mais infeliz o Caça-feitiço parecia ficar. Tive a sensação de que ele não queria que eu viajasse, mas fiquei ansioso para partir. A ideia de rever minha família e provar a comida de minha mãe me pareceu um sonho.

Uma hora depois viajei para casa.

—Você é um rapaz corajoso e tem uma inteligência aguçada — disse-me ele ao portão. — Foi aprovado no seu mês de experiência; portanto, pode dizer ao seu pai que, se você quiser continuar, irei visitá-lo no outono para receber os meus dez guinéus. Você possui as qualidades de um bom aprendiz, mas é você quem decide, rapaz. Se não voltar, então saberei que foi a sua decisão. Caso contrário, espero que retorne em uma semana. Darei, então, a você os cinco anos de treinamento que o deixarão quase tão bom quanto eu neste ofício.

Parti para casa de coração leve. Veja bem, eu não queria dizer ao Caça-feitiço, mas no momento em que me deu a chance de ir em casa e talvez não voltar, eu já me decidira a fazer exatamente isso. Era um ofício terrível. Pelo que o Caça-feitiço me dissera, além de solitário, era perigoso e assustador. Ninguém realmente se importava se a gente vivia ou morria. Queriam apenas se livrar daquilo que os incomodava, mas não pensavam um segundo sequer no que poderia nos custar.

O Caça-feitiço descrevera que, certa vez, um ogro o deixara semimorto. Ele se transformara, em um piscar de olhos, de um bate-portas em um taca-pedras, e quase rebentara seus miolos com uma pedra do tamanho de um punho de ferreiro. Contara ainda que nem fora pago e que estava esperando receber o que lhe deviam na próxima primavera. Ora, a próxima primavera ainda estava longe; então, de que adiantava? Quando parti para casa, pareceu-me que eu estaria melhor trabalhando em nosso sítio.

O problema era que a viagem levava quase dois dias, e a caminhada me deu muito tempo para pensar. Lembrei-me do tédio que, por vezes, sentia no sítio. Será que eu realmente aguentaria trabalhar lá o resto da vida?

Depois comecei a pensar no que mamãe diria. Tinha parecido realmente decidida que eu me tornasse aprendiz do Caça-feitiço, e se eu desistisse, com certeza a desapontaria. Portanto, a parte mais difícil seria lhe dar a notícia e observar sua reação.

Ao anoitecer do primeiro dia, eu tinha terminado todo o queijo que o Caça-feitiço me dera para a viagem inteira. Assim sendo, no dia seguinte eu só parei uma vez para banhar os pés em um riacho, e cheguei em casa antes da ordenha da noite.

Quando abri o portão para o terreiro, meu pai ia andando em direção ao curral. Quando me viu, seu rosto se iluminou com um largo sorriso. Ofereci-me para ajudá-lo na ordenha a fim de podermos conversar, mas ele me disse que entrasse imediatamente para falar com minha mãe.

— Ela sentiu sua falta, rapaz. Você será uma alegria para os olhos dela.

E dando-me palmadinhas nas costas, foi fazer a ordenha, mas, antes que eu desse dez passos, Jack saiu do celeiro e veio direto para mim.

— Que o faz voltar tão cedo? — perguntou. Ele me pareceu um pouco indiferente. Bem, para ser sincero, mais frio do que indiferente. Seu rosto estava meio repuxado para cima, como se estivesse, ao mesmo tempo, tentando fazer uma cara de contrariedade e sorrir.

— O Caça-feitiço me mandou passar uns dias em casa. Tenho que decidir se vou ou não continuar.

— E o que vai fazer?

— Vou conversar com mamãe.

— Com certeza, você vai acabar fazendo o que quer, como sempre — disse Jack.

A essa altura, ele estava decididamente aborrecido, o que me fez sentir que alguma coisa tinha ocorrido enquanto eu estivera fora. Por que outra razão estaria tão antipático de repente? Será que não queria que eu voltasse para casa?

— E não acredito que tenha levado o estojinho do papai — continuou.

— Ele me deu o estojinho. Quis que fosse meu.

— Ele ofereceu, mas isso não quer dizer que você precisava aceitar. O seu problema é que você só pensa em si mesmo. Pense no coitado do papai. Ele adorava aquele estojinho.

Não respondi porque não queria começar uma discussão. Sabia que ele estava enganado. Meu pai queria que eu aceitasse o estojinho, eu tinha absoluta certeza.

— Enquanto estiver aqui, poderei ajudar você — disse eu, tentando mudar de assunto.

— Se quer realmente ganhar o seu sustento, então vá alimentar os porcos! — gritou ele, virando-se para ir embora. Era um trabalho que nenhum de nós gostava. Os animais eram pesados, peludos, cheiravam mal e estavam sempre tão famintos que não era seguro virar as costas para eles.

Apesar do que Jack dissera, eu continuava contente de ter vindo. Enquanto atravessava o terreiro, olhei para a casa. As rosas trepadeiras de mamãe cobriam quase toda a parede dos fundos e sempre tinham sido viçosas, apesar de plantadas do lado norte. No momento, estavam rebrotando, mas no verão estariam cobertas de rosas vermelhas.

A porta dos fundos sempre emperrava porque, no passado, a casa fora atingida por um raio. A porta pegou fogo e foi substituída, mas o portal continuava ligeiramente empenado; por isso, precisei empurrá-la com força para entrar. Valeu a pena, porque a primeira coisa que vi foi o rosto sorridente de minha mãe.

Ela estava sentada em sua velha cadeira de balanço no canto mais distante da cozinha, um lugar a que o sol poente não chegava. A claridade excessiva incomodava seus olhos. Ela preferia o inverno ao verão e a noite ao dia.

Mamãe ficou bem contente de me ver, e a princípio tentei retardar a hora de lhe dizer que voltara para casa de vez. Fiz uma cara corajosa e fingi que estava feliz, mas ela percebeu imediatamente. Eu jamais conseguia lhe esconder coisa alguma.

— Que aconteceu? — perguntou-me.

Encolhi os ombros e tentei sorrir, provavelmente disfarçando os meus sentimentos ainda mais ineptamente do que o meu irmão.

— Desembuche — disse ela. — Não adianta esconder o que sente.

Permaneci calado durante um longo momento, procurando encontrar uma maneira de expressar com palavras o que estava sentindo. O ritmo da cadeira de balanço de mamãe foi diminuindo aos poucos até cessar totalmente. Aquilo era um mau sinal.

— Terminei o mês de experiência, e o sr. Gregory diz que cabe a mim decidir se quero ou não continuar. Mas estou solitário, mamãe — confessei, por fim. — Não tenho ninguém da minha idade para conversar. Me sinto muito sozinho, gostaria de voltar para trabalhar aqui.

Eu poderia ter dito mais e contado como antigamente me sentia feliz em casa quando todos os meus irmãos moravam conosco. Não fiz isso — sabia que ela também sentia falta deles. Pensei que isso lhe permitiria compreender, mas me enganei.

Antes de falar, minha mãe fez uma longa pausa, na qual ouvi Ellie varrendo o aposento ao lado, cantarolando baixinho enquanto trabalhava.

— Sozinho? — mamãe gritou, sua voz cheia de raiva em vez de compreensão. — Como pode estar sozinho? Você tem a si mesmo, não tem? Se algum dia se perder, então estará realmente sozinho. Enquanto isso, pare de se queixar. Você agora é quase homem, e um homem tem que trabalhar. Desde que o mundo é mundo, os homens têm trabalhado no que não gostam. Por que seria diferente com você? Você é o sétimo filho de um sétimo filho, e esse é o trabalho que você nasceu para fazer.

— Mas o sr. Gregory treinou outros aprendizes — disse-lhe impulsivamente. — Um deles poderia voltar e cuidar do Condado. Por que tem que ser eu?

— Ele treinou muitos, mas pouquíssimos terminaram o aprendizado, e os que terminaram não se igualam a ele. São medíocres ou fracos ou covardes. Tomaram um caminho equivocado, recebem dinheiro pelo pouco que fazem. Portanto, agora só resta você, filho. Você é a última chance. A última esperança. Alguém tem que fazer esse trabalho. Alguém tem que enfrentar as trevas. E você é o único que pode.

A cadeira de balanço recomeçou a balançar, acelerando gradualmente o seu ritmo.

— Bom, fico satisfeita que tenhamos decidido. Você quer esperar pela hora da ceia ou quer que eu lhe sirva assim que ficar pronta? — perguntou mamãe.

— Não comi nada o dia inteiro. Nem mesmo o café da manhã.

— Bem, temos guisado de coelho. Isso deve alegrá-lo um pouco.

Sentei-me à mesa da cozinha, sentindo-me mais deprimido e triste do que me lembrava jamais ter sentido, enquanto mamãe se ocupava no fogão. O guisado de coelho desprendia um cheiro delicioso, e minha boca começou a aguar. Ninguém era melhor cozinheira do que minha mãe, e valia a pena voltar para casa, ainda que fosse para uma única refeição.

Sorridente, ela trouxe um prato bem cheio de guisado e colocou-o à minha frente.

— Vou preparar o seu quarto — disse-me. — Já que está aqui é melhor que se demore uns dias.

Murmurei um agradecimento e não perdi tempo para começar a comer. Assim que minha mãe subiu, Ellie entrou na cozinha.

— Que bom ver você de volta, Tom — disse-me com um sorriso. Depois, olhou para o meu generoso prato de comida. — Quer um pouco de pão para acompanhar?

— Quero, obrigado — respondi, e Ellie passou manteiga em três fatias grossas antes de se sentar à mesa diante de mim. Comi tudo sem parar para tomar fôlego e, por fim, limpei o prato com a última grande fatia do pão fresco.

— Sente-se melhor agora?

Confirmei com a cabeça e tentei sorrir, mas senti que não fora muito convincente, porque Ellie, de repente, pareceu preocupada.

— Não pude deixar de ouvir o que você disse a sua mãe. Tenho certeza de que não é tão ruim assim. É só porque o trabalho é completamente novo e estranho. Logo você se acostumará. Enfim, você não precisa voltar logo. Depois de passar uns dias em casa se sentirá melhor. E sempre será bem-vindo aqui, mesmo quando a propriedade pertencer ao Jack.

— Acho que o Jack não ficou muito satisfeito de me ver.

— Por quê? Por que diz isso?

— Ele simplesmente não me pareceu nada simpático. Acho que não me quer aqui.

— Não se preocupe com o seu irmão mais velho. Posso facilmente dar um jeito nele.

Sorri com gosto porque era verdade. Certa vez, minha mãe tinha dito que Ellie conseguia que Jack fizesse tudo que ela queria.

— A principal preocupação dele está aqui — disse ela, alisando a barriga. — A irmã de minha mãe morreu de parto, e até hoje nossa família fala nisso. E Jack ficou nervoso, mas não estou nem um pouco preocupada porque não poderia estar em lugar melhor: tenho sua mãe para cuidar de mim. — Ela fez uma pausa. — Mas tem mais uma coisa. O seu novo trabalho o deixa apreensivo.

— Ele pareceu bem contente antes da minha partida — comentei.

— Fez isso por ser seu irmão e por gostar de você. Mas o ofício de caça-feitiço assusta as pessoas. Deixa-as inquietas. Suponho que, se você tivesse ido na mesma hora, provavelmente tudo estaria bem. Mas Jack falou que, no dia em que vocês partiram, foram direto para o topo do morro e entraram na mata, e que, desde então, os cachorros têm estado inquietos. Agora não querem mais entrar na pastagem norte.

"Jack imagina que vocês mexeram com alguma coisa. Acho que é nisso que ele pensa. — Ellie continuou, acariciando suavemente a barriga. — Ele está apenas nos protegendo. Está pensando na família dele. Mas não se preocupe. Com o tempo tudo se resolverá."

Afinal, fiquei três dias, tentando manter um ar corajoso, mas acabei sentindo que estava na hora de partir. Minha mãe foi a última pessoa que vi antes de ir. Ficamos a sós na cozinha e ela me deu um aperto no braço e disse que sentia orgulho de mim.

— Você é mais do que sete vezes sete — disse-me, sorrindo carinhosamente. — Você é meu filho também e tem a força necessária para fazer o que precisa ser feito.

Concordei com a cabeça para deixá-la feliz, mas o sorriso desapareceu do meu rosto assim que saí do terreiro.

Voltei para a casa do Caça-feitiço com os passos pesados e o coração nas botas, sentindo mágoa e desapontamento porque minha mãe não quis que eu voltasse para casa.

Choveu durante todo o caminho para Chipenden, e quando cheguei lá me sentia frio, molhado e infeliz. Ao parar no portão, para minha surpresa, a lingueta do trinco subiu sozinha e a porta se abriu sem que eu a tocasse. Era uma espécie de boas-vindas, um incentivo para eu entrar, coisa que pensei que fosse reservada apenas ao Caça-feitiço. Suponho que devia me sentir satisfeito com isso, mas não. Senti apenas medo.

Bati na porta três vezes antes de notar, finalmente, que a chave estava na fechadura. Como as minhas batidas não receberam resposta, girei a chave e empurrei a porta devagar. Verifiquei todos os aposentos no térreo, exceto um. Depois gritei para o primeiro andar. Ninguém me respondeu, por isso me arrisquei a entrar na cozinha.

Havia um fogo ardendo na lareira e a mesa estava posta para uma pessoa. Ao centro havia uma enorme travessa de cozido fumegante. Eu estava com tanta fome, que me servi, e já quase devorara tudo, quando vi o bilhete sob o saleiro.

Fui a Pendle. Problema com feiticeira, vou demorar alguns dias. Fique à vontade, mas não se esqueça de apanhar as provisões da semana. Como sempre, minha saca está no açougue, por isso vá lá primeiro.

Pendle era um morro alto, quase uma montanha, bem para leste do Condado. O distrito todo vivia infestado de feiticeiras e era arriscado ir lá, principalmente sozinho. Isto me lembrou mais uma vez como o ofício de caça-feitiço podia ser perigoso.

Ao mesmo tempo, não pude deixar de me sentir aborrecido. Passara tanto tempo aguardando alguma coisa acontecer, e, no momento em que me ausentara, o Caça-feitiço partira sem me levar!

Dormi bem àquela noite, mas não tão profundamente que não ouvisse o sino me chamar para o café da manhã.

Desci na mesma hora e fui recompensado com o melhor prato de ovos com bacon que já provara na casa do Caça-feitiço. Fiquei tão satisfeito que, pouco antes de me levantar da mesa, repeti em voz alta as palavras que meu pai dizia todo domingo ao almoço:

— Estava realmente gostoso. Meus cumprimentos ao cozinheiro.

Mal acabei de falar, as chamas se avivaram na lareira e um gato começou a ronronar. Não vi o gato, mas o ruído que fazia era tão alto que juro que as vidraças começaram a vibrar. Era óbvio que eu tinha dito a coisa certa.

Então, sentindo-me satisfeito comigo mesmo, fui à aldeia apanhar os mantimentos. O sol brilhava no céu azul e desanuviado, os pássaros cantavam e, depois da chuva do dia anterior, o mundo todo parecia claro, radioso e renovado.

Comecei pelo açougue, apanhei a saca do Caça-feitiço e terminei na padaria. Alguns garotos da aldeia estavam encostados na parede ali perto. Não havia tantos quanto da última vez, e o líder, o rapaz forte de pescoço taurino, não estava presente.

Lembrando-me do que dissera o Caça-feitiço, dirigi-me a eles.

— Desculpem-me a última vez, mas sou novo e não entendi bem as regras. O sr. Gregory me informou que posso dar um bolo e uma maçã a cada um. — E assim dizendo, abri a saca e entreguei aos garotos o que prometera. Seus olhos se arregalaram tanto que quase saltaram das órbitas, e eles murmuraram agradecimentos.

No alto do caminho, alguém me esperava. Era a moça chamada Alice, e, mais uma vez, encontrei-a parada à sombra das árvores, como se não gostasse da claridade do sol.

— Posso lhe dar uma maçã e um bolo — disse-lhe.

Para minha surpresa, ela abanou a cabeça.

— Não estou com fome no momento — respondeu-me. — Mas tem uma coisa que quero. Preciso que cumpra a sua promessa. Preciso de ajuda.

Sacudi os ombros. Uma promessa era uma promessa, e eu me lembrava de tê-la feito. Portanto, o que mais poderia fazer, exceto cumprir a minha palavra?

— Me diga o que quer e farei o que puder — respondi.

Mais uma vez, seu rosto se iluminou com um enorme sorriso. Ela estava usando um vestido preto e sapatos de bico fino, mas aquele sorriso me fez esquecer tudo. O que ela disse a seguir, porém, me deixou preocupado e estragou o resto do meu dia.

— Não vou lhe dizer agora. Direi à noite, é o que farei, assim que o sol se puser. Venha me procurar quando ouvir o sino do Velho Gregory.

Ouvi o sino pouco antes do pôr do sol, e, com o coração pesado, desci o morro em direção ao círculo de vimeiros onde os caminhos se cruzavam. Não me pareceu direito que ela tocasse o sino daquele jeito. A não ser que tivesse um trabalho para o Caça-feitiço, mas, por alguma razão, duvidei que fosse isso.

Lá no alto, os últimos raios de sol banhavam os picos das serras com um pálido fulgor laranja, mas embaixo entre os vimeiros estava cinzento e sombrio.

Arrepiei-me quando vi a moça, porque, embora puxasse a corda apenas com uma das mãos, fazia os badalos do enorme sino dançarem loucamente. Apesar dos braços magros e da cintura fina, ela precisava ser muito forte.

Ela parou de tocar assim que apareci e pôs as mãos nos quadris enquanto os ramos seguiam dançando e se agitando no alto. Ficamos nos fitando durante um bom tempo até meus olhos serem atraídos para uma cesta aos seus pés. Havia alguma coisa dentro, coberta por um pano preto.

Ela ergueu a cesta e estendeu-a para mim.

— Que é isso? — perguntei.

— É para você, para que possa cumprir sua promessa.

Aceitei-a, mas não me senti muito feliz. Curioso, enfiei a mão no cesto para levantar o pano preto.

— Não mexa — disse Alice depressa, com certa aspereza na voz. — Não deixe entrar ar ou eles estragarão.

— Que são eles? — perguntei. Estava escurecendo a cada minuto e comecei a ficar nervoso.

— Apenas bolos.

— Muito obrigado.

— Não são para você — respondeu ela com um sorriso brincando nos cantos dos lábios. — Os bolos são para a Velha Mãe Malkin.

Minha boca secou e um arrepio percorreu minha espinha. Mãe Malkin, a feiticeira viva que o Caça-feitiço mantinha presa em uma cova do seu jardim.

— Acho que o sr. Gregory não iria gostar — disse eu. — Ele me avisou para ficar longe dela.

— Ele é um homem muito cruel, o Velho Gregory — disse Alice. — Já faz quase treze anos que a pobre Mãe Malkin está naquele buraco escuro no chão. Está certo tratar uma velha tão mal?

Sacudi os ombros. Eu próprio não ficara muito feliz com aquilo. Era difícil defender o que o Caça-feitiço fizera, mas ele me havia dito que tinha uma boa razão.

— Olhe — tornou ela —, você não vai se encrencar, porque o Velho Gregory não precisa saber. É só um agrado que você está levando para ela. Seus bolos favoritos preparados pela família. Não há nenhum mal nisso. Só uma coisinha para lhe dar forças para enfrentar o frio. Ele penetra diretamente os ossos, verdade.

Mais uma vez sacudi os ombros. Ela parecia ter os melhores argumentos.

— Então, só precisa dar um bolo por noite. Três bolos durante três noites; melhor fazer isso à meia-noite porque é a hora em que ela fica mais irritada. Dê o primeiro hoje à noite.

Alice virou-se de costas para ir embora, mas parou e tornou a se virar para sorrir para mim.

— Podíamos nos tornar bons amigos, você e eu — disse-me com uma risada.

E desapareceu nas sombras que se aprofundavam.

CAPÍTULO 8
A VELHA MÃE MALKIN

De volta à casa do Caça-feitiço, comecei a me preocupar, mas quanto mais pensava no assunto, mais minha cabeça ficava confusa. Eu sabia o que ele diria. Jogaria fora os bolos e me faria uma longa preleção sobre feiticeiras e problemas com moças que usam sapatos de bico fino.

O Caça-feitiço não estava ali; portanto, isso não entrava em questão. Havia duas coisas que me fariam andar na escuridão do jardim leste, onde ele mantinha as feiticeiras. A primeira era a minha promessa a Alice.

"Nunca faça uma promessa que não esteja disposto a cumprir", meu pai sempre me dizia. Portanto, eu não tinha muita escolha. Ele me ensinara a distinguir o bem do mal, e só porque eu era aprendiz do Caça-feitiço não significava que teria de mudar minha maneira de ser.

A segunda, eu não concordava em manter uma velha enterrada em um buraco no chão. Fazer isso com uma feiticeira morta me parecia razoável, mas não com uma viva. Lembro-me de ter me perguntado que crime terrível ela teria cometido para merecer aquilo.

Que mal poderia haver em lhe dar três bolos? Um pequeno agrado enviado pela família para combater o frio e a umidade, só isso. O Caça-feitiço me dissera para confiar nos meus instintos, e depois de pesar os prós e os contras, senti que estava agindo corretamente.

O único problema era que eu tinha de levar pessoalmente os bolos à meia-noite. A essa hora é muito escuro, principalmente se a lua não estiver visível.

Aproximei-me do jardim leste levando a cesta. Estava escuro, mas não tão escuro quanto eu tinha esperado. Por um lado, porque a minha visão sempre fora muito aguçada à noite. Minha mãe sempre enxergou bem no escuro e acho que puxei isso da família dela. Por outro lado, era uma noite sem nuvens e a lua me ajudou a encontrar o caminho.

Quando entrei na mata, senti um frio súbito e estremeci. Até chegar ao primeiro túmulo, o tal com o contorno de pedra e as treze barras, senti ainda mais frio. Era onde a primeira feiticeira estava enterrada. Ela era ineficaz, tinha pouca força, assim me dissera o Caça-feitiço. Não precisava me preocupar, disse a mim mesmo, querendo muito acreditar nisso.

Resolver dar à Mãe Malkin os bolos à luz do dia era uma coisa; agora, ali no jardim, perto da meia-noite, eu já não estava tão seguro. O Caça-feitiço tinha me dito para ficar bem longe dali depois do anoitecer. Alertara-me mais de uma vez; portanto, era uma regra importante e eu estava desobedecendo a ela.

Ouvia-se uma variedade de sons indistintos. Os sussurros e tremores provavelmente não eram nada, apenas animaizinhos que eu perturbara e que fugiam do meu caminho, mas me lembravam que eu não tinha o direito de estar ali

O meu mestre me havia dito que as outras duas feiticeiras se encontravam uns vinte passos mais à frente, por isso contei os meus passos com atenção. Isso me levou ao segundo túmulo, que era igual ao primeiro. Aproximei-me só para me certificar. Lá estavam as barras por cima do solo, uma terra dura sem uma sombra de capim. A feiticeira estava morta, mas continuava perigosa. Era a que tinha sido enterrada de cabeça para baixo. O que significava que as solas dos seus pés se encontravam em algum ponto logo abaixo da superfície.

Enquanto olhava fixamente para o túmulo, pensei ter visto alguma coisa se mexer. Era uma espécie de tremor; provavelmente apenas fruto da minha imaginação, ou talvez fosse algum bicho pequeno — um rato ou um musaranho ou qualquer outro. Avancei rápido. E se tivesse sido um dedo de pé?

Mais três passos e cheguei ao lugar que procurava — não havia dúvida. Como antes, tinha uma borda de pedra com treze barras. Havia, porém, três diferenças. Primeiro, a área sob as barras era quadrada em vez de retangular. Segundo, era maior, provavelmente umas quatro passadas por duas. Terceiro, a terra não estava compactada sob as barras; havia apenas um buraco muito negro no chão.

Parei de estalo e apurei os ouvidos. Até ali eu não tinha ouvido muita coisa, apenas leves rumores de criaturas noturnas e uma brisa suave. Uma brisa tão suave que eu mal notara. Notei-a, mesmo, quando parou de soprar. De repente, tudo ficou muito quieto e a mata se tornou estranhamente silenciosa.

Eu tinha estado à escuta, procurando ouvir a feiticeira, e agora sentia que ela estava me escutando.

O silêncio parecia não ter fim, até que, de repente, percebi alguém respirando no fundo da cova. Aquele som possibilitou que eu me mexesse, avancei mais alguns passos e parei bem junto à borda, com a ponta da bota encostando nas pedras que cercavam o buraco.

Naquele momento, lembrei-me de algo que o Caça-feitiço me dissera a respeito de Mãe Malkin...

"A maior parte de sua força já sangrou para dentro da terra, mas ela adoraria pôr as mãos em um rapaz como você."

Recuei um passo — não fui longe, mas aquelas palavras me deixaram pensativo. E se saísse uma mão da cova e agarrasse meu tornozelo?

Querendo terminar logo com aquilo, chamei baixinho para a escuridão.

— Mãe Malkin, eu lhe trouxe uma coisinha. É um presente de sua família. A senhora está aí? Está me ouvindo?

Não houve resposta, mas o ritmo da respiração na cova pareceu acelerar. Então, sem maior perda de tempo e desesperado para voltar ao aconchego da casa do Caça-feitiço, meti a mão na cesta e apalpei por baixo do pano. Meus dedos agarraram um dos bolos. Pareceu-me meio mole, fofo e pegajoso. Puxei-o para fora e segurei-o por cima das barras.

— É apenas um bolo — disse eu de mansinho. — Espero que faça a senhora se sentir melhor. Trarei outro amanhã à noite.

Com essas palavras, abri a mão deixando o bolo cair na escuridão.

Eu devia ter voltado imediatamente para casa, mas demorei mais uns segundos, atento. Não sei o que esperava ouvir, mas foi o meu erro.

Fez-se um movimento no fundo da cova, como se alguma coisa estivesse se arrastando pelo chão. E, então, ouvi a feiticeira começar a comer o bolo.

Eu achava que alguns dos meus irmãos faziam ruídos grosseiros à mesa, mas o que ouvi foi muito pior. Pareceu-me ainda mais nojento do que os nossos enormes porcos peludos com os focinhos enfiados no balde de lavagem, um barulho que misturava mastigação, fungadas e bufos com uma respiração ofegante. Não era possível saber se ela estava ou não gostando do bolo, mas, sem dúvida, fazia um bocado de barulho para comê-lo.

Naquela noite, tive muita dificuldade para adormecer. Não parava de pensar na cova escura e de me preocupar com a obrigação de repetir a visita na noite seguinte.

Por pouco, não perdi a hora de descer para o café, o bacon estava queimado, e o pão, meio dormido. Não consegui entender por quê — comprara pão fresco na padaria ainda na véspera. E não era tudo, o leite estava talhado. O ogro estaria aborrecido comigo? Sabia o que eu andara fazendo? Estragara o café da manhã como uma espécie de aviso?

Trabalhar em uma fazenda é pesado, mas eu estava habituado. O Caça-feitiço não me deixara tarefa alguma, por isso não tinha como ocupar o meu dia. Fui até a biblioteca, achando que ele provavelmente não se importaria se eu procurasse alguma coisa útil para ler, mas, para meu desapontamento, a porta estava trancada.

Então, que mais poderia fazer, senão sair para dar um passeio? Resolvi explorar as serras, e escalei primeiro o pico do Parlick; no alto, sentei-me em um marco de pedras e contemplei a vista.

Fazia um dia claro e ensolarado, e dali eu podia descortinar o Condado espraiando-se lá embaixo, bem como o mar distante, um azul cintilante e convidativo, para noroeste. As serras pareciam não ter fim, grandes morros com nomes como serra do Calder e serra da Casa da Estaca — tão numerosos que minha impressão é que precisaria de uma vida inteira para explorá-los.

Mais próxima ficava a serra do Lobo, o que me fez pensar se realmente haveria lobos na área. Podiam ser perigosos, e diziam que, quando o inverno era muito rigoroso, eles às vezes caçavam em alcateias. Bem, agora era primavera e eu certamente não tinha avistado sinal deles, mas isso não queria dizer que não andassem por ali. O que me levou a compreender que estar nos morros ao anoitecer podia ser bem assustador.

Não tão assustador, concluí, quanto ter que levar outros dois bolos para Mãe Malkin comer. E, cedo demais, o sol começou a se pôr para oeste e fui obrigado a descer em direção a Chipenden.

Mais uma vez me vi carregando a cesta pela escuridão do jardim. Dessa vez, resolvi terminar rápido. Sem perda de tempo, deixei cair entre as barras da cova escura o segundo bolo pegajoso.

Foi somente quando era tarde demais, no segundo em que o bolo se soltou dos meus dedos, que reparei em uma coisa que fez o meu coração enregelar.

As barras por cima da cova tinham sido forçadas. Na noite anterior, eram treze barras de ferro paralelas e perfeitamente retas. Agora as do centro estavam separadas quase o suficiente para permitir a passagem de uma cabeça.

Podiam ter sido forçadas por alguém do lado de fora, na superfície, mas eu duvidava. O Caça-feitiço me dissera que os jardins e a casa eram guardados, e que ninguém podia entrar. Não me dissera como os guardava, mas eu imaginava que fosse uma espécie de ogro. Talvez o mesmo que preparava as refeições.

Então, tinha que ser a feiticeira. De alguma maneira, ela devia ter subido pelo lado da cova e começado a forçar as barras. De repente, percebi a verdade do que estava ocorrendo.

Que burro eu tinha sido! Os bolos estavam tornando a feiticeira mais forte.

Ouvi-a, na escuridão da cova, começar a comer o segundo bolo, fazendo os mesmos ruídos pavorosos de mastigação, fungadas e bufos. Abandonei a mata depressa e voltei para casa. Pelo que percebia, ela talvez nem precisasse do terceiro bolo.

Depois de mais uma noite maldormida, tomei uma decisão. Iria procurar Alice, devolver-lhe o bolo e explicar por que não podia cumprir minha promessa.

Primeiro, precisava encontrá-la. Logo depois do café, desci até o ponto da mata em que tínhamos nos encontrado na primeira vez e continuei caminhando até a orla mais distante. Alice tinha dito que morava lá adiante, mas não havia sinal de construção, apenas colinas e vales e arvoredos distantes.

Pensando que talvez fosse mais fácil pedir orientação, desci à aldeia. Para minha surpresa, havia pouca gente na rua, mas, conforme imaginara, havia alguns garotos parados perto da padaria. Aparentemente era o seu ponto favorito. Talvez gostassem do cheiro. Eu gostava. Pão fresco tem um dos melhores cheiros do mundo.

Eles não foram muito simpáticos, considerando que, na última vez que tínhamos nos encontrado, eu dera um bolo e uma maçã a cada um. Talvez fosse porque, desta vez, o rapaz fortão, com olhinhos de porco, estava junto. Ainda assim, eles escutaram o que eu tinha a dizer. Não entrei em detalhes — disse-lhes apenas que precisava encontrar a moça que tínhamos visto na borda da floresta.

— Sei onde poderia estar — disse o rapagão, com uma expressão feroz no rosto —, mas você seria burro se fosse lá.

— Por quê?

— Você não ouviu o que ela disse? — indagou o rapaz, erguendo as sobrancelhas. — Disse que era sobrinha da Lizzie Ossuda.

— Quem é Lizzie Ossuda?

Eles se entreolharam e balançaram a cabeça como se eu fosse louco. Por que todo mundo parecia ter ouvido falar na mulher, exceto eu?

— Lizzie e a avó passaram um inverno inteiro aqui, antes de Gregory dar um jeito nelas. Meu pai está sempre relembrando isso. Eram as feiticeiras mais apavorantes que já tinham aparecido por esses lados. Moravam em companhia de outra criatura igualmente apavorante. Parecia um homem, mas era realmente enorme, com tantos dentes que não cabiam na boca. Foi o que meu pai me contou. Ele disse que, naquela época, durante o longo inverno, as pessoas nunca saíam depois de escurecer. Que caça-feitiço você vai ser, se nunca ouviu falar na Lizzie Ossuda?

Não gostei dessa última parte. Percebi que fora realmente burro. Se, ao menos, eu tivesse contado ao meu mestre a conversa com Alice, ele teria sabido que Lizzie voltara e teria tomado alguma providência.

Pelo que dizia o pai do garoto maior, Lizzie Ossuda vivera em uma propriedade, uns cinco quilômetros a sudeste da casa do Caça-feitiço. Estava abandonada havia anos e ninguém jamais ia lá. Portanto, aquele seria o lugar mais provável de sua moradia atual. Isso me pareceu fazer sentido porque Alice apontara naquela direção.

Naquele momento, um grupo de pessoas carrancudas saiu da igreja. Elas dobraram a esquina em uma fila desencontrada e rumaram para a ladeira em direção às serras, lideradas pelo padre da aldeia. Vestiam roupas quentes, e muitas empunhavam bengalas.

— Que está acontecendo? — perguntei.

— Uma criança desapareceu na noite passada — respondeu um dos garotos, cuspindo nas pedras do calçamento. — De três anos. Acham que ela subiu o morro e se perdeu. E olha que não é a primeira. Há dois dias deram por falta de um bebê em uma propriedade de Long Ridge. Era pequeno demais para andar; portanto, deve ter sido roubado. Acham que talvez tenham sido os lobos. Foi um inverno rigoroso, e isso, às vezes, faz com que desçam das montanhas.

Afinal, a orientação que me deram foi muito exata. Mesmo descontando o tempo para ir buscar a cesta de Alice, gastei menos de uma hora para avistar a casa de Lizzie.

Naquela altura, à forte claridade do sol, ergui o pano e examinei o último dos três bolos. Cheirava mal e tinha uma aparência ainda pior. Parecia ter sido preparado com carne e pão picados e outras coisas que não conseguia identificar. Era úmido e muito pegajoso e quase preto. Os ingredientes não tinham sido cozidos, mas amassados juntos. Reparei, então, em outra coisa ainda mais horrível. Havia umas coisinhas brancas andando pelo bolo que lembravam larvas de mosca-varejeira.

Estremeci, tornei a cobri-lo com o pano e desci o morro em direção à fazenda abandonada. As cercas estavam quebradas, o celeiro perdera metade do telhado, e não havia sinal de animais.

Uma coisa, no entanto, realmente me inquietou. Saía fumaça da chaminé da casa. Isso significava que havia alguém ali, e comecei a me preocupar com a coisa que tinha tantos dentes que não cabiam na boca.

Afinal, o que eu achava que podia esperar? Não ia ser fácil. Como ia conseguir falar com Alice, sem ser visto pelos outros membros da família?

Quando parei na encosta, tentando raciocinar o que faria em seguida, o meu problema se resolveu sozinho. Uma figura esguia e escura saiu pela porta dos fundos da casa e começou a subir o morro em minha direção. Era Alice — mas como teria sabido que eu estava ali? Havia árvores entre a casa e eu, e as janelas abriam para o lado oposto.

Contudo, ela não estava subindo o morro por acaso. Subiu direto para onde eu estava e parou a uns cinco passos de distância.

— Que é que você quer? — sibilou. — Que burrice vir aqui! Tem sorte que os outros em casa estejam dormindo.

— Não posso fazer o que me pediu — disse eu, estendendo-lhe a cesta.

Ela cruzou os braços e amarrou a cara.

— Por que não? — exigiu saber. — Você prometeu, não foi?

— Você não me contou o que iria acontecer. Ela comeu dois bolos e está ficando mais forte. Já forçou as barras da cova. Mais um bolo e ficará livre, e acho que você sabia disso. Não foi a sua intenção desde o início? — acusei-a, começando a me zangar. — Você me enganou; portanto, a promessa não vale mais.

Ela se aproximou mais um passo de mim, mas agora sua própria raiva fora substituída por outro sentimento. Pareceu, de repente, amedrontada.

— A ideia não foi minha. Eles me obrigaram — disse ela, apontando para a casa. — Se você não fizer o que prometeu, vai trazer problemas para nós dois. Vamos, dê a ela o terceiro bolo. Que mal pode fazer? Mãe Malkin já pagou o que devia. Está na hora de soltá-la. Vamos, dê o bolo, e ela irá embora hoje à noite e nunca mais incomodará vocês.

— Acho que o sr. Gregory deve ter tido uma ótima razão para prender Mãe Malkin naquela cova — disse eu lentamente. — Sou apenas o novo aprendiz, como posso saber o que é melhor? Quando ele voltar, terei de lhe contar o que aconteceu.

Alice deu um sorrisinho — o tipo de sorriso que alguém dá quando sabe alguma coisa que o outro ignora.

— Ele não vai voltar — disse ela. — Lizzie pensou em tudo. A Lizzie tem bons amigos perto de Pendle. Fariam qualquer coisa por ela, fariam mesmo. Enganaram o Velho Gregory. Quando ele estiver a caminho, vai receber o que merece. Neste momento, provavelmente já está morto e a sete palmos embaixo da terra. Espere para ver se não tenho razão. Logo você não estará seguro nem na casa dele. Uma noite dessas, eles irão pegar você. A não ser, é claro, que me ajude agora. Nesse caso, talvez o deixem em paz.

Assim que ela disse aquilo, dei-lhe as costas e tornei a subir o morro, deixando-a ali parada. Acho que me chamou várias vezes, mas não lhe dei ouvidos. O que me dissera a respeito do Caça-feitiço ficou martelando o meu cérebro.

Somente depois percebi que ainda carregava a cesta e atirei-a com o último dos bolos no rio; de volta à casa do Caça-feitiço, não levei muito tempo para entender o acontecido e resolver o que fazer. A coisa toda fora planejada desde o início. Eles atraíram o meu mestre para longe, sabendo que, como aprendiz novato, eu ainda andava de fraldas e seria fácil me enganar.

Eu não acreditava que seria tão simples matar o Caça-feitiço, ou ele não teria sobrevivido tantos anos, mas não podia confiar que regressasse a tempo de me socorrer. De algum modo, eu tinha de impedir que Mãe Malkin saísse da cova.

Precisava urgentemente de ajuda e pensei em descer à aldeia, mas sabia que havia uma espécie de ajuda especial mais próxima. Entrei na cozinha e me sentei à mesa.

Esperava levar a qualquer momento um tapa; por isso, falei depressa. Expliquei tudo que acontecera sem omitir detalhe algum. Depois disse que era minha culpa e que pedia, por favor, que me ajudasse.

Não sei o que esperava obter. Não me senti tolo falando para o ar porque eu estava muito aflito e assustado, mas como o silêncio se prolongou, aos poucos fui percebendo que tinha perdido o meu tempo. Por que um ogro me ajudaria? Pelo que eu sabia, ele era um prisioneiro confinado à casa e ao jardim pelo Caça-feitiço. Talvez fosse um escravo desesperado para se libertar; talvez até estivesse feliz de me ver encrencado.

Quando eu já ia desistir e sair da cozinha, lembrei-me do que meu pai sempre dizia quando ia à feira local. "Todo mundo tem seu preço. É só uma questão de fazer uma oferta que agrade o outro, mas que não te prejudique demais."

Então, fiz uma oferta ao ogro...

— Se você me ajudar agora, não esquecerei. Quando eu for o próximo Caça-feitiço, lhe darei folga todo domingo. Nesse dia, prepararei minha comida para deixar você descansar e fazer o que quiser.

Subitamente senti uma coisa roçar minhas pernas embaixo da mesa. Ouvi um ruído também, um ronronar suave, e surgiu à minha frente um enorme gato ruivo que se encaminhou lentamente para a porta.

Ele devia ter estado embaixo da mesa todo o tempo — era o que o bom senso me dizia. Contudo, era melhor concordar; por isso, acompanhei o gato pelo corredor e subi as escadas; no primeiro andar, ele parou à porta da biblioteca trancada. Esfregou nela as costas, do jeito que os gatos fazem nas pernas das mesas. A porta se abriu devagarinho, revelando uma quantidade maior de livros do que seria possível alguém ler em uma vida inteira, enfileirados ordenadamente em estantes paralelas. Entrei, indeciso por onde deveria começar. E, quando tornei a me virar, o gatão ruivo tinha desaparecido.

Cada livro tinha o título bem visível na capa. Muitos estavam escritos em latim, e outros tantos em grego. Não havia poeira nem teias de aranha. A biblioteca era tão limpa e bem cuidada quanto a cozinha.

Andei ao longo da primeira fileira, até que meu olhar foi atraído por uma coisa. Perto da janela havia três compridas prateleiras cheias de cadernos de capa de couro, iguais aos que o Caça-feitiço me dera, mas a prateleira superior continha outros maiores com datas nas capas. Cada volume parecia registrar um período de cinco anos; por isso apanhei, o da extremidade da prateleira e abri-o cuidadosamente.

Reconheci a caligrafia do Caça-feitiço. Folheando as páginas, percebi que era uma espécie de diário. Registrava cada trabalho que realizara, o tempo gasto em viagem e o dinheiro que recebera. E, o mais importante, explicava de que maneira lidara com cada ogro, fantasma e feiticeira.

Repus o caderno na prateleira e dei uma olhada nas outras lombadas. Os diários cobriam praticamente até a época atual e remontavam a centenas de anos. Ou o Caça-feitiço era bem mais velho do que parecia ou os livros mais antigos tinham sido escritos por outros caça-feitiços que viveram nos séculos anteriores. De repente me ocorreu perguntar se, mesmo que Alice estivesse certa e o meu mestre não voltasse, haveria uma possibilidade de aprender tudo que eu precisava saber apenas estudando aqueles diários. E, melhor ainda, se em algum ponto daqueles milhares de páginas haveria a informação que me ajudaria a resolver o problema do momento.

Como poderia encontrá-la? Talvez levasse algum tempo, mas a feiticeira estava na cova havia quase treze anos. Tinha de estar registrado o modo com que o Caça-feitiço a prendera ali. Então, subitamente, em uma prateleira inferior, vi algo ainda melhor.

Eram livros maiores, cada um abordando um determinado tópico. Um tinha o título *Dragões e vermes*. Uma vez que os tópicos eram apresentados em ordem alfabética, não demorei muito a encontrar o que estava procurando.

Feiticeiras.

Abri-o com as mãos trêmulas e descobri que estava dividido em quatro seções previsíveis...

A malevolente, A benevolente, A falsamente acusada e *A Inconsciente.*

Folheei ligeiro o livro, procurando a primeira seção. Estava escrito na caligrafia caprichada do Caça-feitiço e, mais uma vez, cuidadosamente organizado em ordem alfabética. Em segundos encontrei a página intitulada: *Mãe Malkin.*

Foi pior do que eu tinha esperado. Mãe Malkin era mais diabólica do que se poderia imaginar. Tinha morado em vários lugares, e, em cada um em que estivera, acontecera algum fato horrível, o pior deles em um brejo no oeste do Condado.

Ali, a feiticeira morara em uma fazendinha e oferecia hospedagem a moças que estavam esperando bebês, mas que não tinham maridos para sustentá-las. Foi quando lhe deram o nome de "Mãe". Fizera isso durante anos, porém algumas das moças nunca mais tinham sido vistas.

A própria Malkin tinha um filho morando em casa, um rapaz de incrível força física, chamado Tusk. Possuía dentes enormes e assustava tanto as pessoas que ninguém nunca se aproximava do lugar. Por fim, os habitantes locais se revoltaram, e Mãe Malkin foi obrigada a fugir para Pendle. Depois que partiu, encontraram a primeira das sepulturas. Havia um campo inteiro de ossos e carne em decomposição, principalmente restos das crianças que ela matara para satisfazer sua necessidade de sangue. Alguns dos corpos eram de mulheres; em cada caso, o corpo fora esmagado, e as costelas, partidas ou rachadas.

Os garotos da aldeia tinham falado de uma criatura com dentes grandes demais para caberem na boca. Seria Tusk, o filho da Mãe Malkin? Um filho que provavelmente matara aquelas mulheres, espremendo a vida do corpo delas?

Isso fez as minhas mãos tremerem tanto que eu mal conseguia manter o livro parado para lê-lo. Aparentemente, algumas feiticeiras usavam a "magia dos ossos". Eram necromantes que adquiriam seu poder, invocando os mortos. Mãe Malkin, porém, era pior. Usava a "magia do sangue". Adquiria seu poder, usando sangue humano, e gostava especialmente do sangue de crianças.

Pensei nos bolos pretos e pegajosos, e estremeci. Uma criança desaparecera em Long Ridge. Uma criança pequena demais para andar. Teria sido sequestrada por Lizzie Ossuda? Seu sangue teria sido usado para preparar aqueles bolos? E a segunda criança, a que os aldeões estavam procurando? E se Lizzie Ossuda tivesse sequestrado aquela também, para Mãe Malkin poder usar o sangue e realizar sua magia quando fugisse da cova? A criança poderia estar na casa de Lizzie naquele momento!

Forcei-me a continuar a leitura.

Treze anos antes, no início do inverno, Mãe Malkin viera morar em Chipenden, trazendo com ela a neta, Lizzie Ossuda. Quando o Caça-feitiço voltou de sua casa de inverno em Anglezarke, não perdeu tempo para agir. Depois de expulsar Lizzie Ossuda, amarrou Mãe Malkin com uma corrente de prata e levou-a para a cova em seu jardim.

No registro, ele parecia discutir consigo mesmo. Era evidente que não lhe agradava enterrar a mulher viva, mas argumentava por que era necessário. Explicava que era perigoso demais matá-la: uma vez morta, a feiticeira tinha o poder de retornar e seria mais forte e mais perigosa do que antes.

A questão era se ainda poderia fugir. Com um bolo ela fora capaz de forçar as barras. Embora não fosse receber o terceiro, dois poderiam ser suficientes. À meia-noite, talvez ela conseguisse sair da cova. Que poderia eu fazer?

Se era possível dominar uma feiticeira com uma corrente de prata, então talvez valesse a pena tentar atravessar uma sobre as barras tortas para impedi-la de sair da cova. O problema era que a corrente de prata do Caça-feitiço estava na bolsa que ele sempre levava em viagem.

Ao deixar a biblioteca, vi outra coisa. Estava ao lado da porta; por isso, eu não reparara ao entrar. Era uma longa lista de nomes em papel amarelo, exatamente trinta, escritos na caligrafia do Caça-feitiço. Meu nome, *Thomas J. Ward*, era o último, e, logo acima, havia o nome de *William Bradley*, que fora excluído com um risco horizontal; ao lado havia as letras *RIP*.

Senti um frio em todo o corpo porque sabia que aquilo significava *Requiescat in pace*, descanse em paz em latim, e que Billy Bradley morrera. Mais de dois terços dos nomes na folha amarela tinham sido riscados; desses, outros nove estavam mortos.

Supus que muitos tinham sido riscados simplesmente porque não foram aprovados como aprendizes, talvez nem mesmo concluído o primeiro mês. Os que haviam morrido me preocupavam mais. Fiquei imaginando o que teria acontecido com Billy Bradley e lembrei-me do que Alice tinha dito: *"Você não vai querer acabar como o anterior aprendiz do Velho Gregory."*

Como Alice sabia o que acontecera com Billy? Talvez fosse apenas porque todos na localidade sabiam, enquanto eu era um forasteiro. Ou será que a família dela tinha alguma ligação com aquela morte? Desejei que não, mas era mais uma preocupação.

Sem perder tempo, desci à aldeia. O açougueiro parecia manter contato com o Caça-feitiço. De que outra maneira poderia ter a saca para trazer a carne? Decidi, então, lhe contar minhas suspeitas e tentar convencê-lo a procurar a criança desaparecida na casa de Lizzie Ossuda.

A tarde ia morrendo quando cheguei ao açougue e encontrei-o fechado. Bati à porta de cinco casas até alguém atender. As pessoas confirmaram o que eu suspeitava: o açougueiro saíra com os outros homens para vasculhar as serras. Não voltariam até o meio-dia seguinte. Pelo que diziam, depois de revistarem as serras locais, iriam atravessar o vale até a aldeia no sopé de Long Ridge, onde desaparecera a primeira criança. Ali realizariam uma busca mais extensa e passariam a noite.

Eu tinha que enfrentar o problema. Estava sozinho.

Ao mesmo tempo triste e amedrontado, não tardei a pegar a estrada para voltar à casa do Caça-feitiço. Sabia que, se Mãe Malkin saísse da sepultura, a criança estaria morta antes do amanhecer.

Sabia também que eu era a única pessoa que poderia tentar fazer alguma coisa para evitar isso.

CAPÍTULO 9
NO BARRANCO DO RIO

Novamente em casa, fui ao quarto onde o Caça-feitiço guardava as roupas de viagem. Escolhi um de seus casacos velhos. Era grande demais, naturalmente, a barra chegava quase aos meus tornozelos e o capuz não parava de cobrir os meus olhos. Ainda assim me protegeria dos rigores do frio. Peguei emprestado também um dos seus bastões, o de maior utilidade para mim como bengala: era mais curto do que os outros e ligeiramente mais grosso em uma das pontas.

Quando, finalmente, saí de casa, aproximava-se a meia-noite. O céu estava claro e uma lua cheia nascia no alto das árvores, mas senti cheiro de chuva, e o vento que soprava do oeste estava esfriando.

Entrei no jardim e rumei diretamente para a cova de Mãe Malkin. Senti medo, mas alguém tinha que fazer aquilo, e quem mais havia além de mim? Afinal, a culpa era minha. Se ao menos eu tivesse contado ao Caça-feitiço o encontro com Alice e o que ela dissera aos garotos a respeito da volta de Lizzie! Ele poderia ter resolvido o problema, então. E não teria sido atraído a Pendle.

Quanto mais eu pensava nisso, pior eu me sentia. A criança em Long Ridge talvez não tivesse morrido. Senti remorso, muito remorso; não conseguia suportar a ideia de que mais uma criança poderia morrer e que a culpa seria minha também.

Passei pelo segundo túmulo onde a feiticeira morta estava enterrada de cabeça para baixo e avancei muito lentamente nas pontas dos pés até encontrar a cova de Mãe Malkin.

O luar filtrava-se pelas árvores iluminando-a; por isso, não tive dúvidas sobre o acontecido. Eu chegara tarde demais.

As barras tinham sido bem afastadas e formavam quase um círculo. Até mesmo o açougueiro poderia ter passado seus ombros maciços por aquela abertura.

Espiei para dentro da cova escura, mas não vi nada. Suponho que tivesse o desejo inútil de que a feiticeira pudesse ter exaurido suas forças empurrando as barras e agora estivesse cansada demais para sair.

Nada disso. Naquele momento, uma nuvem encobriu a lua, tornando tudo mais escuro, mas pude ver o mato pisado. Pude ver a direção que ela tomara. Havia claridade suficiente para seguir seu rastro.

Seguia-a, então, pela noite afora. Não andei muito depressa e fui avançando com bastante cautela. E se ela estivesse me tocaiando mais adiante? Eu também sabia que Mãe Malkin provavelmente não teria ido muito longe. Primeiro porque não haviam transcorrido mais de cinco minutos desde a meia-noite. Quaisquer que fossem os ingredientes dos bolos que ela comera, eu sabia que, em parte, a magia negra teria contribuído para que recuperasse suas forças. Era uma magia que se supunha mais poderosa na escuridão — particularmente à meia-noite. Ela comera apenas dois bolos, e não três; portanto, isso era um ponto a meu favor, mas lembrei-me da força estupenda que era necessária para empurrar as barras.

Depois que saí da sombra das árvores, achei fácil seguir suas pegadas no capim. Ela estava descendo o morro, mas em uma direção que a afastava da casa de Lizzie. A princípio, isso me intrigou, até me lembrar do rio que havia na ravina mais abaixo. Uma feiticeira malevolente não poderia atravessar água corrente — o Caça-feitiço me ensinara —; portanto, ela teria de caminhar ao longo do barranco até o rio fazer a curva de retorno, deixando o caminho livre.

Quando avistei o rio, parei na encosta e procurei enxergar o terreno embaixo. A lua saiu de trás das nuvens, mas, mesmo com o seu auxílio, a princípio não vi muita coisa nas margens porque dos dois lados havia árvores que projetavam sombras escuras.

Então, de repente, notei uma coisa muito estranha. Havia uma trilha prateada no barranco mais próximo. Só era visível quando a lua o iluminava, e lembrava a trilha reluzente deixada por uma lesma. Alguns segundos depois, vi um vulto escuro, curvado, se arrastando muito junto ao barranco.

Desci o morro o mais depressa que pude. Minha intenção era interceptá-la antes que ela alcançasse a curva do rio e pudesse rumar direto para a propriedade de Lizzie Ossuda. Consegui fazer isso e fiquei parado, com o rio à minha direita, de frente para a correnteza que descia o rio. Em seguida, viria a parte difícil. Eu teria que enfrentar a feiticeira.

Tremendo por estar inseguro, e tão ofegante que alguém poderia pensar que eu tinha passado uma hora ou mais subindo e descendo as serras, eu era uma mistura de medo e nervosismo, e tinha a sensação de que os meus joelhos iriam dobrar a qualquer instante. Precisei me apoiar no bastão do Caça-feitiço para conseguir me manter em pé.

Em termos de rios, esse não era largo, mas era fundo, seu caudal aumentado pelas chuvas da primavera que quase haviam desbarrancado as margens. As águas desciam velozes, afastando-se de mim em direção à escuridão sob as árvores por onde caminhava a feiticeira. Procurei-a muito atentamente, e, ainda assim, levei algum tempo para localizá-la.

Mãe Malkin estava vindo em minha direção. Era um pouco mais escura do que as sombras das árvores, uma escuridão na qual a pessoa podia cair e ser engolida para sempre. Ouvi-a, então, apesar do ronco da correnteza veloz do rio. Não era apenas o som dos seus pés descalços que produziam uma espécie de farfalhar ao se aproximarem de mim pelo capim alto da beira do rio. Não — havia outros ruídos que ela fazia com a boca e talvez com o nariz. O mesmo tipo de ruídos de quando eu lhe dera os bolos. Eram fungadas e bufos que mais uma vez me trouxeram à lembrança os nossos porcos peludos comendo no balde de lavagem. Em seguida, um som diferente, uma chupada.

Quando ela saiu do arvoredo para céu aberto, o luar a iluminou e vi-a realmente pela primeira vez. Tinha a cabeça muito curvada, o rosto ocultado por uma cascata de cabelos desgrenhados brancos e grisalhos, dando a impressão de que estava olhando para os pés apenas visíveis sob a veste escura que lhe chegava aos tornozelos. Usava também uma capa preta que parecia ou muito comprida ou ela encolhera durante os anos que passara na terra úmida. Caía até o chão às suas costas e, aparentemente, era isso que, ao arrastar pelo capim, produzia a trilha prateada.

Sua veste estava manchada e rota, o que não surpreendia, mas algumas manchas eram recentes — escuras e molhadas. Um líquido escorria pelo lado do seu corpo no capim e saía de uma coisa que ela apertava com força na mão esquerda.

Era um rato. Ela estava comendo um rato. Comendo-o cru.

Não dava mostras de ter me visto. Estava muito próxima agora e, se nada acontecesse, colidiria comigo. Tossi de repente. Não foi para avisá-la. Foi uma tosse nervosa e involuntária.

Ela olhou para mim, então, erguendo ao luar um rosto que parecia saído de um pesadelo, um rosto que não pertencia a uma pessoa viva. Ah, sem dúvida, ela estava bem viva. Era evidente pelos ruídos que fazia ao comer o rato.

Havia ainda outra coisa nela que me aterrorizou a tal ponto, que quase desmaiei ali mesmo. Os seus olhos. Eram como duas brasas vivas ardendo nas órbitas, dois pontos vermelhos de fogo.

Então, ela falou comigo, uma voz entre um sussurro e um crocito. Lembrou-me as folhas secas de inverno se agitando ao vento de fim do outono.

— É um rapaz! — exclamou. — Gosto de rapazes. Venha aqui, rapaz.

É claro que não me mexi. Fiquei parado, pregado no chão. Eu estava tonto e prestes a desmaiar.

Ela continuava a avançar na minha direção, e seus olhos pareciam crescer. Não apenas os olhos, mas todo o seu corpo estava inchando. Parecia se expandir em uma vasta nuvem negra que, dentro de momentos, escureceria minha visão para sempre.

Sem pensar, ergui o bastão do Caça-feitiço. Minhas mãos e braços fizeram isso por mim.

— Que é isso, rapaz? Uma vara de condão? — crocitou a feiticeira. Ela deu uma gargalhada abafada e largou o rato, erguendo os dois braços para mim. Era a mim que ela queria. Queria o meu sangue. Absolutamente aterrorizado, meu corpo começou a balançar de um lado para o outro. Era como uma mudinha de árvore agitada por um vento nascente, o primeiro vento tempestuoso de um inverno escuro que nunca teria fim.

Eu poderia ter morrido ali no barranco do rio. Não havia ninguém para me socorrer e me senti impotente para me defender.

Mas, de repente, aconteceu...

O bastão do Caça-feitiço não era uma varinha de condão, mas também existe mais de um tipo de magia. Meus braços conjuraram algo especial, moveram-se mais rápido do que eu jamais poderia pensar em fazer.

Ergueram o bastão com um ímpeto e vibraram, lançando um golpe terrível na cabeça da feiticeira.

Ela soltou uma espécie de gemido e caiu de lado no rio. A força da queda levantou muita água e ela afundou, mas tornou a vir à tona bem junto ao barranco, a uns cinco ou seis passos abaixo. A princípio, pensei que era o seu fim, mas, para meu horror, seu braço esquerdo saiu da água e agarrou um feixe de capim. Depois estendeu o outro braço para o barranco e começou a se içar para fora d'água.

Eu sabia que precisava fazer alguma coisa antes que fosse tarde demais. Então, usando toda a minha força de vontade, obriguei-me a dar um passo em sua direção, enquanto ela erguia mais uma parte do corpo sobre o barranco.

Quando cheguei bem perto, fiz uma coisa de que ainda me lembro vividamente. Isso também ainda me provoca pesadelos. Mas, que escolha havia? Era ela ou eu. Somente um de nós iria sobreviver.

Empurrei a feiticeira com a ponta do bastão. Empurrei-a com força e continuei empurrando até ela finalmente soltar o barranco e ser levada pela escuridão.

Contudo, não era o fim. E se ela conseguisse sair do rio mais abaixo? Ainda poderia ir para a casa de Lizzie Ossuda. Eu tinha de garantir que isso não ocorresse. Eu sabia que seria um erro matar Mãe Malkin e que um dia ela provavelmente voltaria mais forte que nunca, mas eu não tinha uma corrente de prata; portanto, não poderia prendê-la. Era o agora que me importava, e não o futuro. Por mais penoso que fosse, eu tinha de seguir o rio que penetrava a mata.

Muito lentamente, comecei a andar pelo barranco, parando a cada cinco ou seis passos para escutar. Ouvia apenas o vento suspirando baixinho entre os ramos das árvores no alto. Estava muito escuro, apenas um raio de luar ocasional conseguia penetrar a densa abóbada de folhas, cada qual uma longa lança prateada que se cravava no solo.

Na terceira vez que parei, aconteceu o que eu esperava. Não houve aviso. Não ouvi nada. Simplesmente senti. Uma mão deslizou por cima da minha bota e, antes que eu pudesse me afastar, agarrou com força meu tornozelo esquerdo.

Senti a tenacidade daquele aperto. Era como se o meu tornozelo estivesse sendo esmagado. Quando olhei para baixo, só vi um par de olhos vermelhos encarando-me na escuridão. Apavorado, golpeei às cegas em direção à mão invisível que agarrava meu tornozelo.

Tarde demais. Senti um puxão violento no tornozelo e caí no chão, esvaziando com o impacto todo o ar do meu corpo. E o que foi pior, o bastão voou de minha mão, deixando-me indefeso.

Fiquei caído por um momento, tentando recuperar o fôlego, até sentir que estava sendo arrastado para o barranco do rio. Quando ouvi a água esparramar, entendi o que estava acontecendo. Mãe Malkin estava me usando para sair do rio. As pernas da feiticeira se agitavam na água e percebi que das duas uma: ou ela conseguiria sair ou eu acabaria dentro do rio.

Desesperado para me desvencilhar, rolei para a esquerda, torcendo o meu tornozelo para livrá-lo. Ela não me largou; então, tornei a rolar e parei com o rosto contra a terra úmida. Nesse instante, vi o bastão, sua extremidade mais grossa iluminada por um raio de luar. Estava fora do meu alcance, a uns três ou quatro passos de distância. Rolei em sua direção. Tornei a rolar repetidamente, enterrando os dedos na terra macia, torcendo o corpo como um saca-rolha. Mãe Malkin segurava com firmeza o meu tornozelo, mas era só o que tinha conseguido. A parte inferior do seu corpo continuava dentro da água; portanto, apesar de sua grande força, ela não conseguia me impedir de rolar e virá-la dentro da água acompanhando os meus movimentos.

Por fim, alcancei o bastão e brandi-o com toda a força contra a feiticeira. Mas a outra mão dela tornou-se visível ao luar e agarrou a outra extremidade.

Pensei que tudo estivesse acabado. Pensei que fosse o meu fim, mas, para minha surpresa, Mãe Malkin inesperadamente soltou um grande berro. Todo o seu corpo se enrijeceu e seus olhos reviraram. Depois, ela soltou um longo e profundo suspiro e parou completamente de se mexer.

Ficamos os dois ali caídos no barranco por um tempo que me pareceu uma eternidade. Somente o meu peito subia e descia, acompanhando a minha respiração. Mãe Malkin não fazia o menor movimento. Quando, por fim, se mexeu, não foi para respirar. Muito lentamente, uma de suas mãos soltou o meu tornozelo, e a outra, o bastão, e ela escorregou do barranco para o rio, submergindo sem sequer espalhar água. Eu não sabia o que acontecera, mas ela estava morta — disso eu tinha certeza.

Observei a correnteza arrastar seu corpo para longe do barranco e fazê-lo rodopiar no meio do rio. Ainda iluminada pelo luar, sua cabeça afundou. Ela desapareceu. Estava morta e acabada.

CAPÍTULO 10
POBRE BILLY

Depois me senti tão fraco que caí de joelhos, e, em poucos instantes, estava ficando enjoado — mais do que jamais enjoara na vida. Não parava de sentir ânsias de vômito mesmo quando já não havia nada, exceto bile saindo de minha boca, e continuei assim até achar que as minhas entranhas tinham se rompido e revirado.

Por fim, as ânsias pararam e consegui me levantar. Ainda assim, levei um bom tempo para acalmar a minha respiração e o meu corpo parar de tremer. Queria apenas voltar para a casa do Caça-feitiço. Fizera o bastante por uma noite, não?

Não pude, porém — a criança estava na casa da Lizzie. Era o que o meu instinto dizia. A criança estava em poder de uma feiticeira capaz de matar. Portanto, eu não tinha escolha. Não havia mais ninguém além de mim, e, se eu não ajudasse, quem o faria? Precisava seguir para a casa de Lizzie Ossuda.

Uma tempestade se avolumava a oeste, uma linha de nuvens recortadas e escuras estava engolindo as estrelas. Logo iria começar a chover, mas, quando iniciei a descida em direção à casa de Lizzie, a lua ainda estava visível — uma lua cheia, a maior que me lembrava de ter visto.

À medida que eu caminhava, a lua projetava minha sombra à frente. Observei-a alongar-se, e, quanto mais me aproximava da casa, maior ela parecia ficar. Eu cobrira a cabeça com o capuz e levava o bastão do Caça-feitiço na mão esquerda, fazendo a sombra parecer que já não me pertencia. Ela foi avançando até incidir sobre a casa de Lizzie Ossuda.

Olhei para trás, esperando ver o Caça-feitiço parado às minhas costas. Ele não estava ali. Era apenas uma ilusão de ótica. Continuei, então, até atravessar o portão aberto e entrar no terreiro.

Parei diante da porta para pensar. E se fosse tarde demais e a criança já estivesse morta? Ou se o seu desaparecimento não fosse obra de Lizzie e eu estivesse simplesmente me arriscando à toa? Meu cérebro continuou a trabalhar, mas, tal como acontecera no barranco do rio, meu corpo soube o que fazer. Antes que eu pudesse impedir, minha mão esquerda bateu com o bastão três vezes na madeira.

Por instantes, houve apenas silêncio, depois o som de passos e uma repentina réstia de luz por baixo da porta.

Quando a porta se abriu lentamente, recuei um passo. Para meu alívio, era Alice. Segurava uma lanterna à altura da cabeça, o que fazia com que metade do seu rosto estivesse iluminado e a outra na sombra.

— Que quer? — perguntou, com raiva na voz.

— Você sabe o que eu quero — respondi. — Vim buscar a criança. A criança que vocês roubaram.

— Não seja idiota — sibilou ela. — Vá embora antes que seja tarde demais. Eles foram encontrar Mãe Malkin. Podem voltar a qualquer momento.

De repente, uma criança começou a chorar, um vagido fraco que vinha do interior da casa. Empurrei Alice e entrei.

Havia apenas uma vela acesa no estreito corredor, mas os quartos estavam escuros. A vela era incomum. Eu nunca vira uma vela de cera preta, mas agarrei-a assim mesmo e me deixei guiar pelos meus ouvidos ao aposento certo.

Abri a porta devagarinho. O quarto não tinha mobília, e a criança estava deitada no chão em um monte de palha e trapos.

— Qual é o seu nome? — perguntei, tentando sorrir. Encostei o meu bastão na parede e me aproximei.

A criança parou de chorar e se pôs de pé hesitante, seus olhos muito arregalados.

— Não se preocupe. Não precisa ter medo — disse eu, procurando dar à minha voz o tom mais calmo possível. — Vou levá-la para a casa de sua mãe.

Pousei a vela no chão e segurei a criança. Ela cheirava tão mal quanto o resto do quarto, e estava fria e molhada. Aninhei-a no meu braço direito e cobri-a o melhor que pude com a capa.

Subitamente, a criança começou a falar:

— Sou Tommy. Sou Tommy.

— Muito bem, Tommy, temos o mesmo nome. O meu nome também é Tommy. Você está seguro agora. Vai voltar para casa.

Dizendo isso, apanhei o meu bastão, saí pelo corredor e cruzei a porta da frente. Alice estava parada no terreiro perto do portão. A lanterna se apagara, mas a lua continuava clareando o lugar, e, quando me encaminhei para ela, projetei minha sombra na parede do celeiro, uma sombra gigantesca, dez vezes maior do que eu.

Tentei passar, mas ela se colocou diretamente no meu caminho para me obrigar a parar.

— Não se meta! — avisou-me, sua voz quase um rosnado, seus dentes brancos e afiados brilhando intensamente ao luar. — Isso não é da sua conta.

Eu não estava disposto a perder tempo discutindo, e, quando avancei, Alice não tentou me deter. Saiu do caminho e gritou depois que passei:

— Você é um tolo. Devolva a criança antes que seja tarde demais. Eles vão segui-lo. Você nunca escapará.

Não me dei o trabalho de responder. Nem sequer olhei para trás. Passei pelo portão e comecei a me distanciar da casa.

A chuva desabou, então, uma chuva pesada e intensa, fustigando meu rosto. Era o tipo de chuva que meu pai costumava chamar de "chuva molhada". Toda chuva é molhada, claro, mas há umas que são mais rápidas e eficientes que outras para encharcar a gente. Esta era molhadíssima, e rumei para a casa do Caça-feitiço o mais depressa que pude.

Não tinha muita certeza se estaria seguro lá. E se o meu mestre estivesse realmente morto? O ogro continuaria a guardar a casa e o jardim?

Não demorou muito tive preocupações mais imediatas. Comecei a sentir que estava sendo seguido. Da primeira vez, parei para escutar, mas não ouvi nada, exceto os uivos do vento e a chuva açoitando as árvores e batendo no chão. Não via muita coisa tampouco porque agora estava muito escuro.

Continuei, então, a andar, dando passadas maiores na esperança de que ainda estivesse avançando na direção certa. Uma vez topei com uma sebe de pilriteiros alta e densa e precisei fazer um longo contorno para encontrar um portão, sentindo todo o tempo que o perigo que me acossava estava cada vez mais próximo. Somente depois de atravessar um pequeno arvoredo tive certeza de que havia realmente alguém. Subindo o morro, parei para recuperar o fôlego próximo ao topo. A chuva diminuíra por um momento e contemplei a escuridão abaixo em direção às árvores. Ouvi gravetos estalando e se quebrando. Alguém vinha andando muito rápido pela mata, sem se importar onde pisava.

No alto do morro, tornei a olhar para trás. Um relâmpago iluminou o céu e o terreno embaixo, e vi dois vultos saírem do meio das árvores e começarem a subir a encosta. Um deles era uma mulher; o outro tinha os contornos de um homem grande e maciço.

Quando sobreveio mais um trovão, Tommy começou a chorar.

— Não gosto de trovão! — choramingou. — Não gosto de trovão!

—Tempestades não podem lhe fazer mal, Tommy — consolei o menino, sabendo que não era verdade. Elas me apavoravam também. Um dos meus tios fora atingido por um raio quando saía para tentar recolher algumas reses. Morrera depois. Não era seguro sair a céu aberto com um tempo daqueles. Contudo, embora me aterrorizassem, os relâmpagos tinham sua utilidade: mostravam-me o caminho. Cada lampejo faiscante iluminava o caminho de volta à casa do Caça-feitiço.

Dali a pouco, o ar que entrava pela minha garganta em arquejos mesclava medo e exaustão, enquanto eu me esforçava para apressar o passo na esperança de que estaríamos a salvo assim que entrássemos no jardim do Caça-feitiço. Ninguém tinha permissão para andar na propriedade dele, a não ser que fosse convidado — eu não cansava de repetir isso para mim mesmo, porque era a nossa única chance. Se ao menos pudéssemos chegar lá antes, o ogro nos protegeria.

Eu já avistava as árvores, o banco embaixo delas; além, estava o jardim à minha espera. Escorreguei no capim molhado. A queda não foi dura, mas Tommy começou a chorar mais alto. Quando consegui erguê-lo, ouvi alguém correndo atrás de mim, pés batendo com força na terra.

Virei-me para olhar, tentando respirar melhor. Foi um erro. O meu perseguidor estava a uns cinco ou seis passos à frente de Lizzie e encurtava a distância entre nós. Um relâmpago tornou a clarear o céu e vi a parte de baixo do seu rosto. Ele parecia ter chifres saindo dos cantos da boca e, enquanto corria, girava a cabeça de um lado para o outro. Lembrei-me do que lera na biblioteca do Caça-feitiço sobre as mulheres mortas que foram encontradas com as costelas esmagadas. Se Tusk me alcançasse, ele faria o mesmo comigo.

Por instantes, fiquei pregado no chão, mas ele começou a bramir como um touro, e isso me fez recomeçar a andar em passo acelerado. Estava quase correndo agora. Teria disparado se pudesse, mas estava carregando Tommy e sentia muito cansaço, as pernas pesadas e lerdas, a respiração arranhando minha garganta. A qualquer momento eu esperava ser agarrado por trás, mas passei pelo banco onde o Caça-feitiço muitas vezes me dava aulas e, por fim, cheguei embaixo das primeiras árvores do jardim.

Mas estaria a salvo? Se não estivesse, tudo terminaria para nós dois, porque não havia como vencer Tusk em uma corrida até a casa. Parei de correr e só fui capaz de dar mais alguns passos antes de me imobilizar totalmente para tentar respirar.

Foi nesse momento que alguma coisa passou roçando pelas minhas pernas. Olhei para baixo, mas estava escuro demais para enxergar qualquer coisa. Primeiro senti a pressão, depois ouvi a coisa ronronar, um som profundo e vibrante que fez o chão sob os meus pés estremecer. Senti a coisa prosseguir em direção à orla do arvoredo e tomar posição entre nós e os nossos perseguidores. Não ouvia ninguém correndo agora, mas ouvi outro barulho.

Imagine o uivo raivoso de um gato multiplicado por cem. Era uma mistura de rosnado entrecortado e grito que encheu o ar com um desafio, um som que poderia ser ouvido a quilômetros de distância. Foi o som mais aterrorizante e ameaçador que eu já ouvira, e entendi, então, por que os aldeões jamais se aproximavam da casa do Caça-feitiço. Aquele uivo era a morte.

Cruze esta divisa, dizia, e arrancarei seu coração. Cruze esta divisa, e transformarei seus ossos em polpa e sangue. Cruze esta divisa, e desejará não ter nascido.

Por ora, estávamos em segurança. E Lizzie Ossuda e Tusk, correndo morro abaixo. Ninguém seria bastante tolo de se meter com o ogro do Caça-feitiço. Não admira que precisassem de mim para dar os bolos de sangue a Mãe Malkin.

Havia sopa quente na cozinha e um fogo alto na lareira à nossa espera. Embrulhei o pequeno Tommy em um cobertor grosso e dei-lhe um pouco de sopa. Mais tarde, trouxe umas almofadas e improvisei uma cama para ele junto à lareira. O menino dormiu como uma pedra enquanto eu permanecia acordado e atento ao vento que uivava lá fora e à chuva que batucava nas janelas.

Foi uma longa noite, mas eu estava aquecido e confortável, e me senti em paz na casa do Caça-feitiço, que era um dos lugares mais seguros do mundo. Eu sabia agora que nada indesejável jamais poderia entrar no jardim e menos ainda cruzar o batente da porta. Era mais seguro do que um castelo com altas muralhas e um largo fosso. Comecei a pensar no ogro como meu amigo e, por sinal, um amigo muito poderoso.

Pouco antes do meio-dia, levei Tommy para a aldeia. Os homens já tinham regressado de Long Ridge, e, quando cheguei à casa do açougueiro e ele viu a criança, seu ar de preocupação se transformou em um largo sorriso. Expliquei-lhe brevemente o que acontecera, abordando apenas os detalhes necessários.

Quando terminei, ele tornou a contrair o rosto.

— É preciso dar um jeito neles de uma vez para sempre — falou.

Não me demorei. Depois de entregar Tommy à mãe e ela ter me agradecido pela décima quinta vez, tornou-se óbvio o que ia acontecer. Já então, uns trinta e poucos aldeões tinham se reunido. Alguns deles traziam porretes e paus grossos, e falavam enraivecidos em apedrejar e queimar.

Eu sabia que alguma coisa tinha que ser feita, mas não queria participar. Apesar de tudo que acontecera, não conseguia suportar a ideia de ver Alice machucada; por isso, saí para caminhar por mais ou menos uma hora pelas serras e espairecer, antes de voltar lentamente à casa do meu mestre. Tinha decidido me sentar um tempo no banco para apreciar o pôr do sol, mas já havia alguém lá.

Era o Caça-feitiço. Afinal, estava são e salvo! Até aquele momento, eu evitara pensar no que iria fazer em seguida. Quero dizer, quanto tempo iria me demorar naquela casa antes de concluir que ele não voltaria? Agora o problema estava resolvido porque ali se encontrava ele, olhando fixamente para um ponto entre as árvores, de onde subia uma espiral de fumaça marrom. Estavam queimando a casa de Lizzie Ossuda.

Quando me aproximei do banco, notei uma grande mancha roxa em seu olho esquerdo. Ele percebeu que eu estava olhando e me deu um sorriso cansado.

— Fazemos uma penca de inimigos neste serviço — comentou ele —, e, às vezes, é preciso ter olhos na nuca. Mas o resultado não foi tão ruim assim, porque agora temos um inimigo a menos com que nos preocupar na área de Pendle. Acomode-se — disse ele, batendo no espaço a seu lado no banco. — Que andou fazendo? Conte-me o que aconteceu aqui. Comece pelo começo e termine pelo fim, sem omitir nada.

Fiz o que me pedia. Contei-lhe tudo. Quando concluí, ele se levantou e olhou do alto para mim, seus olhos verdes fixando intensamente os meus.

— Gostaria de ter sabido que Lizzie Ossuda tinha voltado. Quando pus Mãe Malkin na cova, Lizzie partiu apressadamente e achei que jamais teria coragem de reaparecer. Você devia ter me contado o seu encontro com a moça. Teria poupado a todos muito aborrecimento.

Baixei os olhos, incapaz de fitar os dele.

— Qual foi a pior coisa que lhe aconteceu? — perguntou-me.

A cena me voltou intensa e nítida à lembrança, a velha feiticeira agarrando minha bota e tentando se guindar para fora do rio. Lembrei-me do seu berro ao agarrar a ponta do bastão do Caça-feitiço.

Quando terminei, ele suspirou longa e profundamente.

— Você tem certeza de que ela morreu?

Encolhi os ombros.

— Ela não estava respirando. O corpo foi carregado para o meio do rio e desapareceu.

— Sem dúvida, foi um choque e ficará em sua lembrança para o resto da vida, mas você terá de conviver com isso. Teve muita sorte em levar o menor dos meus bastões. No fim, foi o que o salvou. É de sorveira-brava, a madeira mais eficaz que há para lidar com feiticeiras. Normalmente, não teria afetado uma feiticeira tão velha e forte, mas ela estava em água corrente. Foi a sua sorte, mas você agiu bem para um aprendiz novato. Mostrou coragem, coragem genuína, e salvou a vida de uma criança. Cometeu, porém, dois erros muito graves.

Baixei a cabeça. Achei provável que tivesse cometido mais de dois, mas não ia discutir.

— O erro mais grave foi ter matado a feiticeira — disse o Caça-feitiço. — Você devia tê-la trazido de volta para cá. Mãe Malkin é tão forte que seria capaz de se soltar dos próprios ossos. É muito raro, mas pode acontecer. Seu espírito poderia renascer neste mundo com todas as suas lembranças. Ela viria, então, procurá-lo, rapaz, e iria se vingar.

— Mas isso levaria anos, não? — perguntei. — Um bebê recém-nascido não pode fazer muita coisa. Teria de crescer primeiro.

— Essa é a parte pior — explicou o Caça-feitiço. — Poderia acontecer mais cedo do que você pensa. O espírito dela poderia se apossar do corpo de alguém e passar a usá-lo. Chamamos isso de "possessão", e é muito ruim para todos os envolvidos. Se isso acontecer, você jamais saberá quando e de que direção virá o perigo.

"Ela poderá possuir o corpo de uma jovem, uma moça com um sorriso fascinante, que conquistará o seu coração antes de tirar sua vida. Ou poderá usar a beleza para submeter um homem poderoso à sua vontade, um cavalheiro ou um juiz, que mandará atirar você a uma masmorra, onde ficará à mercê dela. E mais uma vez o tempo estará a favor dela. Poderá atacar quando eu não estiver aqui para ajudar — talvez daqui a muitos anos, quando você tiver perdido o seu vigor, quando sua visão estiver enfraquecendo e suas juntas começarem a estalar.

"Mas há outro tipo de possessão — a que seria mais provável neste caso. Muito mais provável. Entenda, rapaz, há um problema em se manter uma feiticeira viva em uma cova. Especialmente uma tão poderosa, que passou sua longa vida praticando a magia do sangue. Ela terá se alimentado de vermes e outros invertebrados rastejantes, com a umidade impregnando continuamente sua carne. Então, da mesma maneira que uma árvore pode, aos poucos, endurecer e virar pedra, o corpo dela sofrerá lentamente uma mutação. Agarrar o bastão de sorveira-brava teria feito o seu coração parar, empurrando-a para a morte, mas ser carregada pelo rio pode ter acelerado o processo.

"Neste caso, ela terá continuado presa aos ossos, como a maioria das outras feiticeiras malevolentes, e, graças à sua grande força, será capaz de deslocar o próprio cadáver. Entenda, rapaz, ela será aquilo que chamamos 'infesta'. É uma palavra antiga no Condado que você certamente já ouviu. Do mesmo modo que os cabelos de alguém podem ficar infestos com piolhos, seu cadáver agora está infesto com o seu espírito perverso. Estará pululante como uma tigela de vermes, e irá rastejar, deslizar ou se arrastar até a vítima escolhida. E, em vez de duro como uma árvore petrificada, seu cadáver será macio e maleável, capaz de se introduzir no menor espaço que houver. Capaz de se infiltrar no nariz, nos ouvidos de alguém e possuir seu corpo.

"Há somente dois modos de garantir que uma feiticeira poderosa como Mãe Malkin não possa retornar. O primeiro é queimá-la. Mas ninguém deveria ter que sofrer tanta dor. O outro é horrível demais até de se pensar. É um método de que poucos já ouviram falar porque foi praticado antigamente além-mar, em uma terra muito distante. Contam os livros antigos que, quando se come o coração de uma feiticeira, ela jamais irá retornar. E é preciso comê-lo cru.

"Se aplicarmos qualquer desses métodos, não seremos melhores do que a feiticeira que matamos — disse o Caça-feitiço. — São bárbaros. A única alternativa que nos resta é a cova. É igualmente cruel, mas nós a usamos para proteger os inocentes, suas futuras vítimas. Muito bem, rapaz, de um modo ou de outro, agora ela está livre. Com certeza, teremos problemas no futuro, mas pouco poderemos fazer no momento. Vamos precisar apenas nos manter vigilantes."

— Tudo bem — respondi. — Darei um jeito.

— Então é melhor começar a aprender como lidar com ogros — disse o Caça-feitiço, sacudindo a cabeça tristemente.

— Esse foi o seu segundo erro grave. Um domingo inteiro de folga toda semana? Foi generoso demais! Enfim, o que faremos? — perguntou ele, apontando para o penacho de fumaça que continuava visível a sudeste.

Sacudi os ombros.

— Suponho que a essa altura já tenham terminado — disse eu. — Havia um bando de aldeões furiosos e estavam falando em apedrejá-la.

— Terminado? Não acredite nisso, rapaz. Uma feiticeira como Lizzie tem um faro mais apurado do que um cão de caça. É capaz de farejar as coisas antes que aconteçam e de desaparecer muito antes de alguém se aproximar. Não, ela terá fugido para Pendle, onde mora a maioria da sua linhagem. Deveríamos segui-la agora, mas passei dias na estrada, estou cansado e doído demais, e preciso recuperar as minhas forças. Mas não vamos poder deixar Lizzie solta por muito tempo ou ela recomeçará a fazer suas maldades. Terei de ir atrás dela antes do fim da semana e você irá comigo. Não vai ser fácil, mas é preferível ir se acostumando com a ideia. Mas primeiro as coisas mais importantes, venha...

Enquanto eu seguia o Caça-feitiço, reparei que mancava ligeiramente e andava um pouco mais devagar do que de costume. O que quer que tivesse acontecido em Pendle deixara marcas. Ele me conduziu até a casa, ao primeiro andar e à biblioteca, parando ao lado das estantes mais afastadas, aquelas próximas à janela.

— Gosto de guardar os meus livros na biblioteca — disse ele — e gosto que a minha biblioteca aumente em vez de diminuir. Mas, em vista do que aconteceu, vou abrir uma exceção.

Ele esticou a mão e tirou um livro da prateleira mais alta, entregando-o a mim.

— Você precisa disso mais do que eu. Bem mais.

Em termos de livros, até que não era muito grande. Era menor que o meu caderno. E, como a maioria dos livros do Caça-feitiço, estava encadernado em couro e tinha o título impresso na capa e na lombada. Lia-se: *Possessão: Os malditos, os tontos e os desesperados.*

— Que significa esse título? — perguntei.

— O que diz. Exatamente o que diz. Leia o livro e saberá.

Quando abri o livro, fiquei desapontado. Dentro, todas as palavras, em todas as páginas, estavam em latim, um idioma que eu desconhecia.

— Estude-o bem e carregue-o sempre com você. É a obra definitiva.

Ele deve ter visto que franzi a testa porque sorriu e tocou no livro com um dedo.

— Definitiva significa que até hoje foi a melhor obra que já se escreveu sobre possessão, mas é um tema bem difícil e foi escrito por um rapaz que ainda tinha muito que aprender. Portanto, não é a última palavra sobre o assunto e há muito mais a aprender. Abra o livro no fim.

Fiz o que me mandava e vi que as últimas dez páginas estavam em branco.

— Se você descobrir alguma coisa nova, anote-a aí. Cada pequeno detalhe ajuda. E não se preocupe com o fato de estar escrito em latim. Vou começar suas aulas assim que acabarmos de comer.

Fomos em busca da nossa refeição da tarde preparada quase à perfeição. Quando acabei de engolir a última garfada, alguma coisa começou a roçar nas minhas pernas. E, de repente, ouvimos um ronronar. Ele foi aumentando gradualmente até todos os pratos e travessas no aparador começarem a trepidar.

— Não admira que ele esteja feliz — comentou o Caça-feitiço, balançando a cabeça. — Um dia de folga por ano já teria sido muito bom! Contudo, não se preocupe, tudo voltou ao normal e a vida continua. Traga o seu caderno, rapaz, temos muito que fazer hoje.

Acompanhei, então, o Caça-feitiço pela trilha até o banco, abri o tinteiro, molhei a pena e me preparei para tomar notas.

— Normalmente, depois que os meus aprendizes passam no teste em Horshaw — disse o Caça-feitiço, começando a mancar para um lado e para outro diante do banco —, vou lhes ensinando o ofício o mais suavemente possível. No entanto, agora que você enfrentou uma feiticeira cara a cara, já aprendeu como o trabalho pode ser difícil e perigoso, e acho que está preparado para saber o que aconteceu com o meu último aprendiz. Tem relação com os ogros, o tópico que estivemos estudando; portanto, será bom que lhe sirva de lição. Abra uma página em branco e anote o seguinte título...

Fiz o que ele me mandou. E escrevi "*Como amarrar um ogro*". E, à medida que o Caça-feitiço foi me contando a história, anotei-a, me esforçando, como sempre, para acompanhá-lo.

Confirmando o que eu já sabia, amarrar um ogro exigia muito trabalho que o Caça-feitiço chamava "preparação". Primeiro era preciso cavar uma cova o mais perto possível das raízes de uma grande árvore adulta. Depois de toda a escavação que o Caça-feitiço me mandara fazer, foi uma surpresa saber que ele quase nunca preparava a cova pessoalmente. Isso era uma coisa que só fazia na mais absoluta emergência. Um montador de cargas e seu ajudante normalmente se encarregavam disso.

Em seguida, era preciso contratar um pedreiro para cortar uma grossa laje de pedra para cobrir a cova como uma lápide. Era muito importante que a pedra fosse cortada do tamanho exato para vedar hermeticamente a abertura. Depois de rebocar a parte inferior da laje e o interior da cova com a mistura de ferro, sal e cola forte, era hora de colocar o ogro dentro.

Isso não era muito difícil. Sangue, leite ou uma mistura dos dois funcionava sempre. A parte realmente difícil era baixar a laje na posição enquanto ele comia. O sucesso dependia da qualidade dos ajudantes que se contratava.

Era melhor ter um pedreiro de prontidão e uns dois montadores para controlar as correntes de cima de uma armação de madeira colocada sobre a cova, para se poder baixar a laje com rapidez e segurança.

Foi esse o erro que Billy Bradley cometeu. Era um fim de inverno, o tempo estava péssimo e ele tinha pressa de voltar para sua cama quente. Resolveu, então, ganhar tempo.

Usou trabalhadores locais que nunca tinham feito aquele tipo de serviço antes. O pedreiro saiu para jantar, prometendo voltar dentro de uma hora, mas Billy se impacientou e não quis aguardar. Conseguiu atrair o ogro à cova sem muita dificuldade, mas teve problemas com a laje. Era uma noite chuvosa, e a peça escorregou, prendendo sua mão esquerda por baixo.

A corrente emperrou e não conseguiram reerguer a laje, e, enquanto os trabalhadores tentavam e um deles corria em busca do pedreiro, o ogro, furioso de se ver preso sob a laje, começou a atacar os dedos de Billy. Entenda, era um ogro dos mais perigosos. Nós o chamamos de estripa-reses porque habitualmente se alimenta de gado, mas esse tinha tomado gosto por sangue humano.

Quando, finalmente, a laje foi reerguida, já passara quase meia hora, e era tarde demais. O ogro arrancara os dedos de Billy até as falanges e se ocupara em chupar todo o sangue do seu corpo. Seus gritos de dor foram se transformando em choro, e, quando soltaram sua mão, restara apenas o polegar. Pouco depois ele morreu do choque e da perda de sangue.

— Foi um caso triste — comentou o Caça-feitiço — e agora ele está enterrado sob a sebe, à saída do cemitério de Layton: os ossos dos que seguem o nosso ofício não descansam em campo santo. Isso aconteceu há pouco mais de um ano, e, se Billy estivesse vivo, eu não estaria conversando com você porque ele ainda seria meu aprendiz. Pobre Billy, era um bom rapaz e não merecia o que lhe aconteceu, mas o nosso ofício é perigoso, e quando não o praticamos corretamente..

O Caça-feitiço olhou-me com tristeza e encolheu os ombros.

—Aprenda a lição, rapaz. Precisamos de coragem e paciência, mas, acima de tudo, não podemos nunca nos apressar. Usamos o cérebro, refletimos com cuidado, então fazemos o que precisa ser feito. Normalmente, jamais mando um aprendiz sair sozinho até ele concluir o primeiro ano de treinamento. A não ser, é claro — acrescentou com um leve sorriso —, que ele resolva agir por conta própria. Ainda assim, preciso ter certeza de que está preparado para isso. Enfim, primeiro as coisas mais importantes. Agora está na hora da sua primeira aula de latim..

CAPÍTULO 11
A COVA

Aconteceu três dias depois...

O Caça-feitiço me mandara à aldeia apanhar as compras da semana. A tarde já ia avançada e, quando saí de casa levando a saca vazia, as sombras principiavam a se alongar.

Quando me aproximei da passagem na cerca, vi alguém parado na orla do arvoredo próxima à ladeira estreita. Quando reconheci Alice, meu coração acelerou. Que estaria fazendo ali? Por que não fora para Pendle? E, se continuava aqui, onde estaria Lizzie?

Retardei meus passos, mas teria de passar por ela para chegar à aldeia. Poderia ter dado meia-volta e pegado um caminho mais longo, mas não queria lhe dar a satisfação de pensar que estava com medo dela. Ainda assim, depois de passar por cima da cerca, tomei o lado esquerdo da ladeira e me mantive na borda da vala funda ao longo da alta sebe de pilriteiros.

Alice estava parada na sombra das árvores, apenas os bicos finos dos seus sapatos espreitavam o sol. Fez sinal para eu me aproximar, mas guardei uns bons três passos de distância. Depois de tudo que acontecera, não confiava minimamente nela, mas me alegrava que não tivesse sido queimada nem apedrejada.

— Vim me despedir — disse-me — e alertar você para jamais passar perto de Pendle. É para onde vamos. Lizzie tem família morando lá.

— Que bom que você escapou — disse eu, parando e me virando para olhá-la de frente. — Vi a fumaça quando queimaram sua casa.

— Lizzie soube que eles estavam chegando, então tivemos tempo de sobra para fugir. Ela não farejou sua presença, não foi? Sabe o que você fez com Mãe Malkin, mas só descobriu depois. Não pressentiu sua presença e isso a preocupa. Ela disse que sua sombra tinha um cheiro engraçado.

Dei uma gargalhada ao ouvir isso. Quero dizer, aquilo era uma loucura. Como uma sombra poderia ter cheiro?

— Não é engraçado — protestou Alice. — Não tem do que rir. Lizzie só sentiu o cheiro de sua sombra quando ela incidiu sobre o celeiro. Eu vi a sombra e descobri que eu estava completamente errada. A lua revelou a verdade sobre você.

De repente, ela avançou dois passos para a claridade, inclinou-se um pouco para a frente e me cheirou.

— Você tem um cheiro engraçado — disse, franzindo o nariz. Recuou depressa e inesperadamente demonstrou medo.

Sorri e fiz uma voz amigável.

— Escute. Não vá para Pendle. Estará melhor longe deles. São más companhias.

— As más companhias não me incomodam. Não vão mudar quem eu sou, não é? Já sou má. Má por dentro. Você não acreditaria se eu contasse quem fui e o que já fiz. Lamento. Fui má outra vez. Não tenho força suficiente para dizer não...

De repente, foi tarde demais, compreendi a verdadeira razão para o medo no rosto de Alice. Não era de mim que demonstrava medo. Era do que estava atrás de mim.

Eu não vira nem ouvira nada. Quando finalmente ouvi, era tarde demais. Sem aviso, a saca vazia foi arrancada da minha mão e enfiada na minha cabeça e nos meus ombros, e tudo escureceu. Mãos fortes me agarraram, imobilizando os meus braços dos lados do corpo. Lutei por alguns momentos, mas foi inútil. Levantaram-me e me carregaram com a mesma facilidade com que um peão carrega um saco de batatas. Enquanto era levado, ouvi vozes — a voz de Alice e, em seguida, a de uma mulher: supus que fosse Lizzie Ossuda. A pessoa que me carregava apenas grunhiu, por isso devia ser Tusk.

Alice me atraíra a uma armadilha. Tudo fora cuidadosamente planejado. Eles deviam estar escondidos na vala quando desci o morro vindo de casa.

Senti-me apavorado, mais do que já me sentira antes na vida. Quero dizer, eu matara Mãe Malkin e ela era a avó de Lizzie. Portanto, que iam fazer comigo agora?

Decorrida mais ou menos uma hora, fui largado no chão com tanta força que expeli todo o ar dos pulmões.

Assim que recomecei a respirar, fiz força para me desvencilhar da saca, mas alguém me chutou as costas duas vezes — chutou-me com tanta força que parei de resistir. Teria feito qualquer coisa para evitar que me batessem novamente daquele jeito, por isso fiquei deitado sem me mexer, mal me atrevendo a respirar enquanto a dor foi lentamente amortecendo até cessar.

Usaram uma corda para me amarrar, passando-a por cima da saca em torno dos meus braços e da cabeça, e dando um nó apertado. Então, Lizzie disse uma coisa que me enregelou até os ossos.

— Pronto, já o temos bem seguro. Agora pode começar a cavar.

Ela chegou o rosto tão perto do meu que pude sentir seu hálito fétido através do pano da saca. Lembrava o bafo de um cachorro ou de um gato.

— Muito bem, garoto — disse ela. — Que tal sentir que nunca mais vai tornar a ver a luz do dia?

Quando ouvi o som distante de escavação, comecei a tremer de medo. Lembrei-me da história contada pelo Caça-feitiço sobre a mulher do mineiro, principalmente a pior parte, quando ela estava caída e paralisada, incapaz de pedir socorro, enquanto o marido cavava sua sepultura. Agora o mesmo ia acontecer comigo. Eu ia ser enterrado vivo e teria dado qualquer coisa só para rever a luz do dia, por um momento que fosse.

Primeiro, quando cortaram as cordas e arrancaram a saca, senti alívio. A essa altura, o sol já se pusera, mas olhei para o alto e vi as estrelas e a lua minguante por cima das árvores. Senti o vento no rosto e jamais isso me deu tanto prazer. Minha sensação de alívio, porém, não durou mais do que instantes, porque comecei a imaginar exatamente o que pretendiam fazer comigo. Não consegui pensar em nada pior do que ser enterrado vivo, mas Lizzie Ossuda, com certeza, conseguiria.

Para ser sincero, quando vi Tusk de perto pela primeira vez, não o achei tão feio quanto esperava. De certo modo, tinha me parecido pior na noite em que me perseguira. Não era tão velho quanto o Caça-feitiço, mas tinha o rosto vincado e curtido, e uma juba grisalha cobria-lhe a cabeça. Seus dentes eram grandes demais para caber na boca, o que significava que ele jamais conseguia fechá-la, e dois deles se curvavam para o alto como duas presas amarelas de elefante sobre as asas do seu nariz. Ele era também muito grande e muito peludo, com braços fortes e musculosos. Eu tinha sentido o seu aperto e achado bem desconfortável, mas sabia que naqueles ombros havia força suficiente para me esmagar tão completamente que esvaziaria o ar dos meus pulmões e quebraria minhas costelas.

Tusk trazia um facão curvo no cinto, cuja lâmina parecia muito afiada. Mas o pior nele eram os olhos. Eram totalmente baços. Como se não houvesse nada vivo em sua cabeça; era apenas uma criatura que obedecia a Lizzie Ossuda sem pensar. Eu sabia que ele faria qualquer coisa que a mãe mandasse sem questionar, por mais terrível que fosse.

Quanto à Lizzie Ossuda, ela não era nada magra, e eu sabia, pela leitura que fizera na biblioteca do Caça-feitiço, que provavelmente a chamavam de ossuda porque usava a magia dos ossos. Eu já sentira o seu hálito, mas à primeira vista ninguém pensaria que fosse uma feiticeira. Não era como Mãe Malkin, toda enrugada de velhice, parecendo uma defunta. Não, Lizzie Ossuda era apenas uma versão mais velha de Alice. Provavelmente não teria mais de trinta e cinco anos, belos olhos castanhos e cabelos negros como os da sobrinha. Usava um xale verde e um vestido preto preso à cintura fina por um cinto estreito de couro. Havia, sem dúvida, uma semelhança de família — exceto pela boca. Não era o formato, era o modo com que a mexia; o modo como a retorcia e desdenhava quando falava. Outra coisa que reparei é que jamais me encarava.

Alice não era assim. Tinha uma boca bonita, ainda feita para sorrir, mas me dei conta de que, com o tempo, ficaria igualzinha a Lizzie Ossuda.

Alice me enganara. Ela era a razão de eu estar ali em vez de estar jantando são e salvo na casa do Caça-feitiço.

A um aceno de cabeça de Lizzie Ossuda, Tusk me agarrou e amarrou minhas mãos às costas. Arrastou-me, então, pela mata. Primeiro avistei o monte de terra escura, depois a cova funda ao lado e senti o fedor úmido de terra preta recém-revolvida. Era um cheiro ao mesmo tempo de vida e morte, coisas trazidas à superfície que, na realidade, pertenciam ao subsolo.

A cova, provavelmente, tinha mais de dois metros de profundidade, mas, ao contrário daquela em que Mãe Malkin estivera presa, tinha forma irregular, um simples buracão com os lados chanfrados. Lembro-me de pensar que, com toda a prática que eu tinha adquirido, poderia ter cavado uma cova muito melhor.

Naquele momento, a lua me revelou mais uma coisa — uma que eu preferia não ter visto. A uns três passos de distância, à esquerda da cova, havia um retângulo de solo recém-revolvido. Parecia uma sepultura recente.

Sem tempo sequer para começar a me preocupar com isso, fui arrastado para a beira da cova, e Tusk puxou minha cabeça para trás. Vi, de relance, o rosto de Lizzie Ossuda junto ao meu, ela enfiou um objeto duro na minha boca e despejou um líquido frio e amargo. Tinha um gosto pavoroso e encheu minha garganta e a boca até transbordar e sair pelo nariz, me fazendo engasgar, arquejante, lutando para respirar. Tentei cuspir o líquido fora, mas Lizzie Ossuda apertou minhas narinas com força com o polegar e o indicador, de modo que, para respirar, eu precisaria primeiro engolir.

Feito isso, Tusk soltou minha cabeça e transferiu o seu aperto para o meu braço esquerdo. Vi, então, o que tinha sido despejado na minha boca — Lizzie Ossuda ergueu-o para eu ver. Era um frasquinho de vidro escuro. Um frasco com o gargalo longo e fino. Ela virou-o, fazendo o gargalo apontar para o chão e pingar algumas gotas na terra. O resto já estava no meu estômago.

Que teria bebido? A feiticeira teria me envenenado?

— Isto manterá os seus olhos bem abertos, garoto — disse ela, caçoando. — Não iríamos querer que cochilasse, não é? Não iríamos querer que perdesse nada.

Sem aviso, Tusk me virou com violência para a cova e senti meu estômago despencar enquanto voava pelo espaço. Bati com força no fundo, mas ali a terra estava macia e, embora a queda me deixasse sem ar, não me machuquei. Virei-me, então, para olhar as estrelas, pensando que, afinal, eu seria enterrado vivo. Mas, em vez de caírem muitas pás de terra sobre mim, vi recortado contra o fundo estrelado o contorno da cabeça e dos ombros de Lizzie Ossuda, que espiava para dentro. Ela começou a murmurar ritmadamente um estranho canto gutural, embora eu não conseguisse distinguir suas palavras.

Em seguida, estendeu os braços sobre a cova e pude ver que estava segurando uma coisa em cada mão. Emitindo um estranho grito, abriu as mãos e duas coisas brancas caíram na terra ao lado dos meus joelhos.

Ao luar vi claramente o que eram. Davam a impressão de refulgir. A feiticeira deixara cair dois ossos na cova. Eram ossos de polegares — vi as juntas.

— Aproveite sua última noite na terra, garoto — gritou para mim. — Mas não se preocupe, não vai se sentir sozinho porque o deixarei em boa companhia. O falecido Billy vai aparecer para reclamar os ossos dele. Na cova vizinha, é onde está;

portanto, não vai precisar ir muito longe. Estará com você daqui a pouco, e os dois vão ver que têm muito em comum. Ele foi o último aprendiz do Velho Gregory e não vai gostar muito de ter sido substituído por você. Pouco antes de amanhecer, voltaremos para lhe fazer a última visita. Viremos buscar seus ossos. São especiais, ah, isso são, melhores que os do Billy, e recolhidos frescos serão os mais úteis que já tive em muito tempo.

Seu rosto recuou e ouvi seus passos se distanciarem.

Então, era isso que ia me acontecer. Se Lizzie queria os meus ossos, significava que ia me matar. Lembrei-me do facão curvo que Tusk usava no cinto e comecei a tremer.

Antes, porém, eu teria que enfrentar o falecido Billy. Quando ela dissera "na cova vizinha", devia estar se referindo àquela recente ao lado da minha. Mas o Caça-feitiço me havia dito que Billy Bradley estava enterrado ao lado do cemitério da igreja, em Layton. Lizzie devia ter desenterrado o corpo, decepado seus polegares e tornado a enterrá-lo na mata. Agora, ele viria buscar seus polegares.

Será que Billy Bradley ia querer me fazer mal? Eu nunca lhe fizera nada, mas provavelmente ele teria gostado de ser aprendiz do Caça-feitiço. Talvez tivesse a expectativa de concluir o aprendizado e se tornar um caça-feitiço. Agora eu me apossava do que antes tinha sido seu. E não era só isso — o que diria do feitiço de Lizzie Ossuda? Poderia pensar que eu é que tinha cortado seus polegares e lançado na cova...

Consegui me ajoelhar e gastei os minutos seguintes tentando desesperadamente desamarrar minhas mãos. Foi inútil. A minha tentativa parecia apertar ainda mais as cordas.

E estava me sentindo esquisito também: como se fosse desmaiar, a boca seca. Quando voltei os olhos para as estrelas, elas pareceram muito brilhantes, e cada uma tinha um duplo. Apurando mais a vista, consegui fazer as estrelas duplas se unirem, mas, assim que me desconcentrei, elas se separaram. Minha garganta ardia e meu coração batia três ou quatro vezes mais depressa do que o normal.

Pensei continuamente no que Lizzie Ossuda dissera. O falecido Billy viria procurar seus ossos. Ossos que estavam caídos na terra a menos de dois passos do lugar em que eu me ajoelhara. Se as minhas mãos estivessem livres, eu os teria atirado fora da cova.

De repente, percebi um ligeiro movimento à minha esquerda. Se eu estivesse em pé, o movimento teria sido na altura da minha cabeça. Olhei para cima e vi uma cabeça de verme, longa, gorda e branca, emergir da parede da cova. Era muito maior do que qualquer verme que eu já tivesse visto. A cabeça inchada e sem olhos girou lentamente enquanto desvencilhava o resto do corpo. Seria venenoso? Morderia?

Então, eu o reconheci. Era um verme de caixão! Devia ter saído do caixão de Billy, onde engordara e se tornara luzidio. Uma coisa branca que jamais vira a luz do dia.

Estremeci quando o verme emergiu totalmente da terra e caiu aos meus pés. Em seguida, perdi-o de vista porque ele tornou a se enfiar rapidamente na terra.

Por ser tão grande, o verme branco tinha deslocado uma boa quantidade de terra da parede da cova, deixando um buraco com a aparência de um estreito túnel. Examinei-o ao mesmo tempo horrorizado e fascinado. Porque havia ali mais uma coisa se mexendo. Uma coisa que estava empurrando a terra pelo buraco e fazendo-a cair em cascata e formar um montículo crescente no chão.

Ignorar o que era piorava tudo. Eu precisava ver o que havia ali dentro; então, fiz força para ficar em pé. Cambaleei, sentindo novamente que ia desmaiar; as estrelas recomeçaram a girar. Quase caí, mas consegui dar um passo, atirando-me para a frente para poder chegar junto ao túnel, agora mais ou menos ao nível da minha cabeça.

Quando olhei para dentro, desejei que não o tivesse feito.

Vi ossos. Ossos humanos. Ossos que se juntaram. Ossos que se mexiam. Duas mãos sem polegares. Uma delas sem dedos. Ossos que faziam um ruído de passos na lama, arrastando-se em minha direção pela terra solta. Uma caveira rindo com os dentes à mostra.

Era o falecido Billy, mas, no lugar de olhos, suas órbitas escuras me encaravam cavernosas e vazias. Quando uma mão branca e descarnada apareceu ao luar e avançou subitamente para o meu rosto, dei um passo atrás e quase caí, soluçando de medo.

Naquele momento, quando pensei que ia enlouquecer de terror, o ar esfriou de repente e percebi algo à minha direita. Mais alguém viera se juntar a mim na cova. Alguém que estava em pé onde seria impossível ficar em pé. Metade do seu corpo estava visível; o restante continuava embutido na parede de terra.

Era um rapaz pouco mais velho do que eu. Eu só podia ver o seu lado esquerdo porque o restante ficara para trás, ainda no solo. Com a mesma facilidade com que alguém passa por uma porta, ele girou o ombro direito para mim e todo ele entrou na minha cova. Ele sorriu para mim. Um sorriso caloroso e simpático.

— A diferença entre a vigília e o sono — disse ele. — É uma das lições mais difíceis de aprender. Aprenda-a agora, Tom. Aprenda antes que seja tarde demais...

Pela primeira vez, notei suas botas. Pareciam muito caras, feitas de couro da melhor qualidade. Eram iguais às do Caça-feitiço.

Ele ergueu as mãos, uma de cada lado da cabeça, com as palmas para fora. Faltavam os polegares das duas. Faltavam também os dedos da mão esquerda.

Era o fantasma de Billy Bradley.

Ele cruzou as mãos sobre o peito e sorriu mais uma vez. Enquanto sumia, ele me pareceu feliz e em paz.

Compreendi exatamente o que me dissera. Não, eu não estava dormindo, mas de certo modo estivera sonhando. Sonhando o conteúdo negro que saíra do frasco despejado à força por Lizzie em minha boca.

Quando me virei para olhar o buraco, ele desaparecera de vez. Jamais tinha visto um esqueleto rastejando em minha direção. Nem tampouco um verme de caixão.

A poção devia ser uma espécie de veneno: algo que dificultava saber a diferença entre a vigília e o sono. Era o que Lizzie tinha me obrigado a engolir. Uma poção que fizera o meu coração bater mais rápido e que me impedira de adormecer. Além de manter meus olhos muito abertos, fizera-me ver coisas que, na realidade, não existiam.

Pouco depois as estrelas desapareceram e desabou uma chuva pesada. Foi uma noite longa, desconfortável e fria, e não parei de pensar no que iria acontecer comigo antes do alvorecer. Quanto mais próximo desse momento, pior eu me sentia.

Uma hora antes de nascer o dia, a chuva diminuiu para um chuvisco e, por fim, cessou inteiramente. Pude ver mais uma vez as estrelas e agora já não pareciam duplas. Eu ficara encharcado e frio, mas minha garganta parara de arder.

Quando surgiu um rosto no alto, espiando para dentro da cova, meu coração acelerou, e achei que fosse Lizzie que vinha recolher os meus ossos. Para meu alívio, porém, era Alice.

— Lizzie me mandou ver como você está indo — disse ela baixinho. — Billy já esteve aqui?

— Já veio e já foi — respondi-lhe enraivecido.

— Nunca quis que isso acontecesse, Tom. Se ao menos você não tivesse se metido, tudo teria dado certo.

— Dado certo? — perguntei indignado. — A essa altura mais uma criança estaria morta e o Caça-feitiço também, se as coisas tivessem saído como vocês queriam. Aqueles bolos tinham sangue do bebê neles. Você chama isso de dar certo? Você vem de uma família de assassinos e é assassina também!

— Não é verdade. Não é verdade! — protestou Alice. — Não tinha bebê nenhum. A única coisa que fiz foi lhe dar os bolos.

— Mesmo que não esteja mentindo — insisti —, você sabia o que eles iam fazer depois. E teria deixado que fizessem.

— Não tenho tanta força assim, Tom. Como poderia impedir? Como poderia impedir Lizzie?

— Eu já escolhi o que quero fazer. Mas, você, o que vai escolher? Magia dos ossos ou magia do sangue? Qual? Qual vai ser?

— Nenhuma das duas. Não quero ser como eles. Vou fugir. Assim que tiver oportunidade, vou-me embora.

— Se você está sendo sincera, então me ajude agora. Me ajude a sair da cova. Poderíamos fugir juntos.

— Agora é perigoso demais. Fugirei outro dia. Talvez daqui a umas semanas, quando eles não estiverem prestando atenção.

— Você quer dizer depois que eu morrer. Quando você tiver mais sangue em suas mãos...

Alice não respondeu. Ouvi-a começar a chorar baixinho, mas, quando pensei que estava a ponto de mudar de ideia e me ajudar, ela se afastou.

Fiquei sentado na cova, temendo o que ia me acontecer, me lembrando dos enforcados, e agora sabia exatamente o que tinham sentido antes de morrer. Eu sabia que jamais voltaria para casa. Jamais reveria minha família. Tinha praticamente perdido a esperança, quando ouvi passos se avizinhando da cova. Levantei-me, aterrorizado, mas era Alice.

— Ah, Tom, sinto muito. Eles estão afiando os facões.

O pior momento vinha a caminho e eu sabia que só tinha uma chance. Minha única esperança era Alice.

— Se você realmente sente muito, então me ajude — disse baixinho.

— Não tem nada que eu possa fazer! — exclamou ela. — Lizzie se viraria contra mim. Ela não confia em mim. Acha que tenho o coração mole.

— Vá buscar o sr. Gregory. Traga-o aqui — pedi.

— É tarde demais para isso — soluçou Alice, balançando a cabeça. — Ossos retirados à luz do dia não têm utilidade para Lizzie. Nenhuma. A melhor hora para recolher ossos é antes do amanhecer. Por isso, dentro de minutos ela virá buscar você. É só o tempo que temos.

— Então me arranje uma faca — pedi.

— Não adianta. Eles são fortes demais. Não posso enfrentá-los, você pode?

— Não — respondi. — Quero cortar a corda. Vou tentar fugir.

De repente, Alice desapareceu. Teria ido buscar a faca ou teria medo demais de Lizzie? Esperei alguns momentos, mas, ao ver que não voltava, me desesperei. Debati-me, tentando afastar meus pulsos, tentando romper a corda, mas foi inútil.

Quando apareceu um rosto me espiando, meu coração teve um sobressalto de medo, mas era Alice estendendo alguma coisa para a cova. Deixou-a cair e, ao cair, o metal faiscou ao luar.

Alice não me abandonara. Era uma faca. Se ao menos eu pudesse cortar a corda, estaria livre...

A princípio, mesmo com as mãos amarradas às costas, não tive a menor dúvida de que conseguiria. O único perigo talvez fosse o de me cortar um pouco, mas isso não importava diante do que eles me fariam antes de o sol nascer. Não demorei muito para agarrar a faca. Colocá-la em posição contra a corda foi mais difícil, e mais ainda movimentá-la. Quando a deixei cair pela segunda vez, comecei a entrar em pânico. Não devia restar muito mais que um minuto para que viessem me buscar.

— Você terá de cortá-la para mim — gritei para Alice. — Vem, pula para dentro da cova.

Não pensei que ela realmente fosse fazer isso, mas, para minha surpresa, fez. Não pulou, foi baixando o corpo, primeiro os pés, com o rosto virado para a parede da cova, depois pendurou-se pelos braços na borda. Quando se esticou completamente, soltou as mãos antes dos últimos sessenta centímetros.

Não demorou a cortar as cordas. Minhas mãos ficaram livres e agora só precisávamos sair da cova.

— Me deixe subir nos seus ombros — disse eu. — Depois vou puxá-la para cima.

Alice não discutiu e, na segunda tentativa, consegui me equilibrar sobre seus ombros e me arrastar para o capim molhado. Então, veio a parte mais espinhosa — tirar Alice da cova. Estiquei a mão esquerda. Ela agarrou-a firmemente com a sua mão esquerda e pôs a direita no meu pulso para se apoiar melhor. Então, tentei guindá-la.

Meu primeiro problema foi o capim molhado e escorregadio, e achei difícil não ser arrastado pela borda abaixo. Então, percebi que não tinha forças para puxá-la. Cometera um enorme engano. Só porque ela era menina não significava que fosse necessariamente mais leve do que eu. Tarde demais me lembrei do jeito com que puxara a corda para fazer o sino do Caça-feitiço badalar. Fizera aquilo quase sem esforço. Eu devia ter deixado que ela subisse nos meus ombros. Devia ter deixado que saísse da cova primeiro. Alice teria me puxado para fora sem problema.

Foi então que ouvi o som de vozes. Lizzie Ossuda e Tusk vinham atravessando a mata em nossa direção.

Embaixo, vi os pés de Alice escorregarem contra a parede da cova, tentando encontrar um apoio. O desespero me deu novas forças. Dei-lhe um puxão e ela passou por cima da borda, desmontando ao meu lado.

Fugimos bem a tempo, correndo desabalados ao som de outros pés que corriam em nosso encalço. A princípio estavam bem distantes, mas gradualmente começaram a se aproximar.

Não sei por quanto tempo fugimos. Pareceu uma vida inteira. Corri até sentir as pernas pesarem como chumbo e o ar queimar na minha garganta. Estávamos voltando para Chipenden — eu sabia pelas serras que vislumbrava ocasionalmente entre as árvores. Corríamos em direção ao nascente. O céu estava acinzentando agora e clareava mais a cada minuto. Então, quando senti que não poderia dar mais um passo, vi os picos das serras refletirem uma luz alaranjada. Era o sol nascendo, e lembro-me de ter pensado que, mesmo se fôssemos apanhados, já era dia e os meus ossos não serviriam para Lizzie.

Quando saímos do arvoredo para a encosta relvada e começamos a subi-la ainda correndo, minhas pernas finalmente fraquejaram. Estavam moles como geleia, e Alice foi se distanciando de mim. Ela se virou para me olhar, seu rosto aterrorizado. Eu continuava a ouvir nossos perseguidores se embarafustando pelas árvores às nossas costas.

Parei, repentina e totalmente. Parei porque quis parar. Parei porque não havia mais necessidade de fugir.

Imóvel lá no alto da encosta à frente, vislumbrei um vulto alto, vestido de preto, segurando um longo bastão. Sem dúvida, era o Caça-feitiço, mas, por alguma razão, ele parecia diferente. Seu capuz estava baixado, e seus cabelos, iluminados pelos raios do sol nascente, pareciam escorrer para trás como línguas alaranjadas de fogo.

Tusk soltou uma espécie de rugido e subiu correndo o morro em sua direção, brandindo o facão, com Lizzie Ossuda em seus calcanhares. Por ora, não estavam se incomodando conosco. Sabiam quem era o seu inimigo principal. Poderiam cuidar de nós mais tarde.

A essa altura, Alice também tinha parado; por isso, dei alguns passos hesitantes para me emparelhar com ela. Juntos observamos Tusk fazer sua arrancada final, erguer o facão curvo e berrar enraivecido enquanto corria.

O Caça-feitiço, até então, estivera imóvel como uma estátua, mas, em resposta, deu duas grandes passadas, descendo ao encontro dele com o bastão no alto. Empunhando-o como uma lança, brandiu-o com força contra a cabeça de Tusk. Pouco antes de atingir a testa do rapaz, o bastão produziu um estalo e acendeu uma chama vermelha em sua ponta. Ouviu-se uma pancada surda quando alcançou o alvo. O facão curvo voou no ar e o corpo de Tusk desabou como um saco de batatas. Eu sabia que ele estava morto, mesmo antes de se estatelar no chão.

O Caça-feitiço atirou, então, o bastão para um lado e meteu a mão na capa. Quando a mão reapareceu, ela segurava uma coisa que ele estalou no ar como um chicote. O objeto refletiu o sol e percebi que era uma corrente de prata.

Lizzie Ossuda deu meia-volta e tentou correr, mas não houve tempo: da segunda vez que ele fez a corrente estalar, ouviu-se quase imediatamente um tinido metálico e agudo. A corrente começou a pender e tomar a forma de uma espiral de fogo que envolveu Lizzie Ossuda em seu aperto. A feiticeira soltou um guincho aflito e tombou no chão.

Subi com Alice ao topo do morro. Ali vimos que a corrente de prata amarrava com firmeza a feiticeira da cabeça aos pés. Apertava até mesmo sua boca aberta, empurrando seus dentes para dentro. Seus olhos reviravam e todo o seu corpo se contorcia resistindo, mas ela não conseguia gritar.

Virei-me para Tusk. Jazia de costas com os olhos arregalados. Estava bem morto e apresentava um ferimento redondo no meio da testa. Olhei para o bastão, perguntando-me o que seria a chama que tinha visto em sua ponta.

Meu mestre parecia macilento, fatigado e subitamente muito velho. Não parava de balançar a cabeça, como se estivesse cansado da própria vida. À sombra do morro, seus cabelos tinham retomado o grisalho habitual, e entendi por que me pareceram escorrer para trás: estavam cobertos de suor; por isso, ele os alisara com a mão, fazendo com que ficassem em pé e para fora de suas orelhas. Repetiu o gesto enquanto eu o observava. Gotas de suor pingavam de sua testa e ele respirava ofegante. Percebi que estivera correndo.

— Como nos encontrou? — perguntei.

Passou-se algum tempo até me dar uma resposta, mas por fim sua respiração começou a normalizar e ele pôde falar.

— Há sinais, rapaz. Rastros que podem ser seguidos, se a pessoa sabe como fazê-lo. Isso é uma coisa que terá de aprender.

Ele se virou e encarou Alice.

— Cuidamos dos dois, mas o que vamos fazer com você? — perguntou ele, fixando-a com severidade.

— Ela me ajudou a fugir — expliquei.

— Foi? — perguntou o Caça-feitiço. — E que mais fez?

Ele me encarou inflexível e tentei sustentar seu olhar. Quando baixei os olhos para as minhas botas, ele estalou a língua. Não pude mentir e sabia que o Caça-feitiço tinha intuído que ela contribuíra de alguma forma para o acontecido.

Ele tornou a encarar Alice.

— Abra a boca, garota — disse com rispidez, a voz encolerizada. — Quero ver os seus dentes.

Alice obedeceu, e o Caça-feitiço, de repente, esticou o braço e segurou-a pelo queixo. Aproximou seu rosto da boca aberta da garota e cheirou-a ruidosamente.

Quando tornou a se dirigir a mim, sua raiva parecia ter abrandado, pois soltou um profundo suspiro.

— O hálito dela cheira bem — disse ele. — Você sentiu o bafo dos outros? — perguntou-me, soltando o queixo de Alice e apontando para Lizzie Ossuda.

Confirmei com a cabeça.

— É causado pela alimentação — explicou-me. — Denuncia imediatamente o que andaram fazendo. Os que praticam a magia dos ossos ou do sangue tomam gosto por sangue e carne crua. Mas a garota parece normal.

Ele tornou a aproximar seu rosto do de Alice.

— Olhe nos meus olhos, garota — disse. — Sustente o meu olhar o máximo que puder.

Alice obedeceu, mas não aguentou olhar muito tempo, embora sua boca tremesse com o esforço. Então, ela baixou os olhos e começou a choramingar.

O Caça-feitiço olhou para os seus sapatos de bico fino e balançou a cabeça tristemente.

— Não sei, não — disse, voltando-se para mim. — Não sei o que é melhor fazer. Não é por ela. Temos que pensar nos outros. Os inocentes que, no futuro, viriam a sofrer. Ela viu demais e sabe demais para o seu próprio bem. Pode seguir um ou outro caminho, e não sei se é seguro deixá-la partir. Se for para leste se reunir aos de sua linhagem em Pendle, estará perdida para sempre e será mais uma adepta das trevas.

— Você não tem nenhum outro lugar para ir? — perguntei a Alice gentilmente. — Nenhum outro parente?

— Tem uma aldeia perto da costa. Staumin. Tenho outra tia que mora lá. Talvez ela queira me receber...

— Ela é como as outras? — perguntou o Caça-feitiço, fixando novamente o olhar em Alice.

— Não que eu tenha reparado. Ainda assim é bastante longe e nunca estive lá. Poderia levar três dias ou mais de viagem.

— Posso mandar o rapaz com você — disse o Caça-feitiço, sua voz assumindo inesperadamente um tom mais bondoso. — Calculo que ele seja capaz de encontrar o caminho, se der uma boa olhada em seus mapas. Quando voltar, garoto, irá aprender como dobrar direito os mapas. Então, está decidido. Vou lhe dar uma oportunidade, menina. Só depende de você aproveitá-la. Caso contrário, um dia tornaremos a nos encontrar e então não terá tanta sorte.

Em seguida, o Caça-feitiço tirou do bolso o pano preto de sempre. Dentro havia um pedaço de queijo para a viagem.

— Para vocês não passarem fome — disse —, mas não comam tudo de uma vez.

Tive esperança de encontrar coisa melhor para comer no caminho; apesar disso, murmurei um agradecimento.

— Não vá direto para Staumin — disse o Caça-feitiço me olhando sem piscar. — Quero que passe em sua casa primeiro. Leve a garota com você e deixe sua mãe conversar com ela. Tenho a impressão de que talvez possa ajudá-la. Espero você de volta daqui a duas semanas.

Isso me fez sorrir. Depois de tudo que acontecera, uma chance de passar uns dias em casa era um sonho que se concretizava. Contudo, uma coisa me intrigou porque me lembrava da carta que minha mãe tinha enviado ao Caça-feitiço. Ele não parecera nada feliz com certas coisas que ela escrevera. Então, por que achava que minha mãe pudesse ajudar Alice? Não falei nada para não correr o risco de fazer o Caça-feitiço mudar de idéia. Estava feliz só por poder me afastar.

Antes de irmos, contei-lhe a respeito de Billy. Ele assentiu tristemente, mas disse que não me preocupasse, faria o que fosse preciso.

Quando partimos, olhei para trás e vi o Caça-feitiço carregando Lizzie Ossuda sobre o ombro esquerdo em direção a Chipenden. De costas, podia-se pensar que tivesse trinta anos menos.

Capítulo 12
Os tontos e os desesperados

Quando descemos o morro em direção ao sítio do meu pai, um chuvisco morno molhou nossos rostos. Ao longe um cão latiu duas vezes, mas abaixo de nós tudo estava quieto e silencioso.

A tarde chegava ao fim, e eu sabia que meu pai e Jack estariam no campo, o que me daria oportunidade de conversar a sós com mamãe. Era fácil para o Caça-feitiço mandar eu levar Alice para minha casa, mas a viagem me dera tempo para refletir e eu não sabia como mamãe iria reagir. Achava que não ficaria contente de receber alguém como Alice em casa, principalmente depois que eu lhe contasse o que a garota fizera comigo. E quanto a Jack, eu tinha uma boa ideia de qual seria sua atitude. Pelo que Ellie me contara de sua opinião sobre o meu novo emprego, na última visita, hospedar a sobrinha de uma feiticeira em casa era a última coisa que ele iria querer.

Quando atravessamos o terreiro, apontei para o celeiro.

— É melhor você se abrigar ali — disse eu. — Vou entrar e explicar.

Mal acabara de falar, ouvimos, vindo da casa, o choro alto de um bebê com fome. Os olhos de Alice encontraram os meus brevemente, ela olhou para baixo e eu me lembrei da última vez que tínhamos estado juntos e uma criança chorara.

Em silêncio, ela se virou e saiu em direção ao celeiro; seu silêncio, nada mais do que eu teria esperado. Era de se pensar que, depois de tudo que ocorrera, conversaríamos muito durante a viagem, mas quase não nos falamos. Acho que ela se aborreceu com o modo com que o Caça-feitiço segurou seu queixo e cheirou seu hálito. Talvez isso a levasse a refletir sobre tudo que andara fazendo no passado. Seja como for, Alice tinha me parecido profundamente pensativa e muito triste durante a maior parte da viagem.

Suponho que eu pudesse ter me esforçado mais, porém, estava cansado e muito apreensivo, e, por isso, tínhamos caminhado em silêncio e assim nos habituamos. Foi um erro: eu devia ter me empenhado para conhecer Alice melhor — isso teria me poupado muita amolação futura.

Quando empurrei a porta dos fundos, o choro parou e ouvi outro som: os estalidos reconfortantes da cadeira de balanço de minha mãe.

A cadeira estava junto à janela, mas as cortinas não tinham sido totalmente corridas e pude ver pelo seu rosto que estivera espiando pela fresta delas. Tinha observado a nossa entrada no terreiro e, quando entrei na sala, começou a se balançar cada vez mais rápido, fitando-me o tempo todo sem piscar, metade do seu rosto na sombra, a outra, iluminada pela grande vela que bruxuleava no maciço castiçal no centro da mesa.

— Quando se traz uma convidada, manda a cortesia que a convidemos a entrar em casa — disse-me, sua voz mesclando aborrecimento e surpresa. — Pensei que tivesse educado você melhor

— O sr. Gregory me disse para trazê-la. O nome dela é Alice, mas tem andado em más companhias. Ele quer que a senhora converse com ela; por isso, achei que era melhor lhe contar primeiro o que aconteceu, e, então, talvez não queira convidá-la a entrar.

Puxei uma cadeira para perto de minha mãe e relatei exatamente o que acontecera. Quando terminei, ela deixou escapar um longo suspiro, e um leve sorriso abrandou seu rosto.

— Você fez bem, filho. Você é jovem e novo no ofício; por isso, podemos perdoar seus erros. Vá buscar a pobre garota, depois nos deixe a sós para conversar. Talvez você queira subir para falar com sua nova sobrinha. Ellie vai adorar rever você.

Fui, então, buscar Alice, deixei-a com minha mãe e subi.

Ellie estava no quarto de dormir maior. Era o dos meus pais, mas eles o tinham cedido ao novo casal porque havia espaço para mais duas camas e um berço, o que seria oportuno à medida que a família crescesse.

Bati de leve na porta entreaberta, mas só olhei para dentro do quarto quando Ellie me mandou entrar. Ela estava sentada na beira da grande cama de casal amamentando o bebê cuja cabeça estava meio encoberta por um xale rosa. Assim que me viu, sua boca se abriu num sorriso que me fez sentir bem-vindo, mas Ellie me pareceu cansada, com seus cabelos escorridos e oleosos. Embora eu tivesse desviado rapidamente o olhar, ela era perspicaz e vi que notou o meu olhar e leu a expressão nos meus olhos porque imediatamente alisou os cabelos para afastá-los do rosto.

— Ah, desculpe, Tom — disse-me. — Devo estar com uma aparência horrível. Não dormi a noite toda. Acabei de tirar um um cochilo. Tenho que aproveitar quando posso com uma criancinha faminta como esta. Ela chora muito, principalmente à noite.

— Com que idade ela está? — perguntei.

— Vai fazer seis dias hoje à noite. Nasceu pouco depois da meia-noite, no último sábado.

Aquela tinha sido a noite em que eu matara Mãe Malkin. Por um instante, a lembrança do ocorrido invadiu minha mente e um calafrio percorreu minha espinha.

— Pronto, ela terminou de mamar agora — disse Ellie com um sorriso. — Quer segurá-la?

Era a última coisa que eu queria fazer. O bebê era tão pequeno e frágil, que tive medo de apertá-lo com muita força ou deixá-lo cair, e não gostava do jeito com que sua cabeça pendia. Era, no entanto, difícil recusar, pois Ellie teria ficado ofendida. No fim, não precisei segurar o bebê muito tempo porque, no instante em que o aninhei nos braços, seu rostinho ficou vermelho e ele começou a chorar.

— Acho que o bebê não gosta de mim — comentei.

— O bebê é uma *menina* — ralhou Ellie, fazendo uma cara séria de indignação. — Não se preocupe, não é por sua causa, Tom. — E sua boca se suavizou em um sorriso. — Acho que ainda está com fome, só isso.

A menininha parou de chorar assim que Ellie a segurou, e não me demorei muito mais. Quando desci a escada, ouvi um som inesperado na cozinha.

Eram risadas, altas, gostosas, de duas pessoas que estavam se entendendo muito bem. No instante em que abri a porta e entrei, o rosto de Alice ficou sério, mas minha mãe continuou a rir alto por mais alguns momentos e, mesmo quando parou, um largo sorriso continuou a iluminar seu rosto. Tinham contado alguma piada, uma piada muito engraçada, mas eu não quis perguntar qual e nem elas me disseram. A expressão nos olhos das duas me fez sentir que era algo particular.

Meu pai, certa vez, havia me dito que as mulheres sabem coisas que os homens ignoram. Por vezes têm certa expressão no olhar, mas, quando a notamos, jamais devemos perguntar o que estão realmente pensando. Se perguntarmos, elas podem responder o que não queremos ouvir. Seja qual for o motivo das risadas, isso certamente aproximara as duas; daquele momento em diante parecia que se conheciam havia anos. O Caça-feitiço tinha razão. Se alguém podia entender Alice, esse alguém era mamãe.

Reparei, no entanto, uma coisa. Minha mãe deu a Alice o quarto defronte ao dela e de papai. Eram os dois quartos no alto do primeiro lance de escadas. Mamãe tinha ouvidos muito sensíveis, o que significava que, se Alice sequer se virasse dormindo, ela ouviria.

Assim, apesar de todas as risadas, mamãe continuava a observar Alice.

Quando voltou do campo, Jack realmente amarrou a cara para mim e ficou resmungando. Parecia zangado com alguma coisa. Papai, porém, se mostrou contente de me ver e, para minha surpresa, apertou minha mão. Ele sempre cumprimentava com um aperto de mãos os meus irmãos que tinham saído de casa, mas era a primeira vez que fazia isso comigo. Senti-me, ao mesmo tempo, triste e orgulhoso. Estava me tratando como se eu fosse um homem abrindo meu próprio caminho no mundo.

Não fazia nem cinco minutos que Jack tinha chegado em casa quando veio me procurar.

— Lá fora — disse ele, mantendo a voz baixa para ninguém mais ouvi-lo. — Quero falar com você.

Saímos para o terreiro e ele me levou para o outro lado do celeiro, perto dos chiqueiros, de onde não poderíamos ser vistos da casa.

— Quem é a garota que você trouxe?

— O nome dela é Alice. É uma pessoa que precisa de ajuda. O Caça-feitiço me mandou trazê-la para mamãe poder conversar com ela.

— Que significa precisa de ajuda?

— Ela tem andado em más companhias, só isso.

— Que tipo de más companhias?

Eu sabia que ele não iria gostar de saber, mas não tive escolha. Precisava responder. Do contrário, ele perguntaria à mamãe.

— A tia dela é feiticeira, mas não se preocupe, o Caça-Feitiço já deu um jeito nisso e só ficaremos aqui uns dias.

Jack explodiu. Nunca o vira tão enraivecido.

— Você perdeu o juízo com que nasceu? — gritou. — Não parou para pensar? Não pensou no bebê? Tem uma criança inocente morando nesta casa e você traz aqui alguém que pertence a uma família dessas! É inacreditável!

Ele ergueu o punho e pensei que fosse me bater. Em vez disso, deu um soco com o lado da mão na parede do celeiro, deixando os porcos frenéticos com a pancada repentina.

— Mamãe acha que não fiz mal — protestei.

— É bem da mamãe mesmo — respondeu Jack, a voz subitamente baixando, mas ainda ríspida de raiva. — Como poderia recusar alguma coisa ao filho favorito? E ela é boa demais, você sabe disso; por isso, não devia se aproveitar. Olhe aqui, é a mim que você prestará contas se alguma coisa acontecer. Não gosto do jeito dessa garota. Parece sonsa. Vou ficar de olho nela, e, se der um passo em falso, os dois estarão na estrada num abrir e fechar de olhos. E vão ganhar o seu sustento enquanto estiverem aqui. Ela pode ajudar em casa para facilitar a vida da mamãe e você vai pegar pesado no campo.

Jack me deu as costas e foi se afastando, mas ainda não acabara de dizer tudo que queria.

— Por estar tão ocupado com coisas mais importantes — acrescentou sarcasticamente —, talvez você não tenha reparado na aparência cansada de papai. A cada dia ele sente maior dificuldade para trabalhar.

— Naturalmente que vou ajudar — disse, enquanto ele se afastava —, e Alice também.

Ao jantar, à exceção de mamãe, todos estavam realmente quietos. Suponho que era por termos uma estranha sentada à mesa. Embora a educação de Jack o impedisse de reclamar abertamente, ele amarrou a cara para Alice quase tanto quanto para mim. Foi bom que mamãe estivesse alegre e animada o suficiente para iluminar a mesa.

Ellie precisou abandonar duas vezes o jantar para atender à filhinha, que parecia querer pôr o telhado abaixo de tanto chorar. Da segunda vez, trouxe-a para baixo.

— Nunca vi um bebê chorar tanto — comentou mamãe, sorrindo. — Pelo menos tem pulmões fortes e saudáveis.

Seu rostinho estava vermelho e amassado outra vez. Eu nunca teria dito isso a Ellie, mas a menininha não era muito bonita Seu rosto me lembrava o de uma mulherzinha enfezada. Um instante estava chorando como se fosse arrebentar, no outro ficava repentinamente quieta e calada. Seus olhos estavam muito abertos e fixavam o centro da mesa onde Alice se sentara próxima ao grande castiçal de latão. A princípio, não liguei. Achei que a menina estava apenas fascinada pela chama da vela. Mais tarde, porém, Alice ajudou mamãe a tirar a mesa, e, cada vez que ela passava, a menininha a seguia com seus olhos azuis. De repente, eu me arrepiei, embora a cozinha estivesse aquecida.

Mais tarde, subi ao meu antigo quarto e, quando me sentei na cadeira de vime ao lado da janela e contemplei a paisagem, foi como se nunca tivesse saído de casa.

Quando olhei para o norte, em direção ao morro do Carrasco, pensei na intensidade com que a menininha se interessara por Alice. E, lembrando o que Ellie me dissera mais cedo, tornei a me arrepiar. A criança nascera depois da meia-noite em uma noite de lua cheia. Era próximo demais para ser coincidência. Mãe Malkin teria sido levada pela correnteza do rio mais ou menos na mesma hora em que a menina de Ellie nascera. O Caça-feitiço me alertara que a feiticeira voltaria. E se tivesse reaparecido mais cedo do que ele previra? Sua expectativa é que viesse *infesta*. Mas, e se estivesse enganado? E se a feiticeira tivesse se libertado dos ossos, e seu espírito, possuído a menina de Ellie no instante em que nascera?

Não preguei olho àquela noite. Havia apenas uma pessoa a quem poderia contar os meus temores: minha mãe. A dificuldade era encontrá-la sozinha sem chamar atenção para o fato de que estava querendo exatamente isso.

Minha mãe cozinhava e fazia outras tarefas que a mantinham ocupada a maior parte do dia, e, em geral, não haveria problema em conversarmos na cozinha porque eu estava trabalhando ali perto. Jack me dera a tarefa de consertar a fachada do celeiro, e devo ter martelado centenas de pregos novos e reluzentes antes de o sol se pôr.

A dificuldade era Alice: mamãe a conservara em sua companhia o dia todo, fazendo-a trabalhar pesado. Podia se ver o suor e as rugas de concentração que vincavam sua testa, embora Alice não se tenha queixado uma única vez. Foi somente depois do jantar, quando cessou o estrépito de louça sendo lavada e secada, que tive a minha oportunidade. Naquela manhã, papai viajara para a grande feira de primavera em Topley. Além de fazer negócios, a feira lhe dava a rara oportunidade de encontrar velhos amigos; por isso, ele passaria dois ou três dias fora. Jack tinha razão. Ele parecia cansado e assim tiraria umas férias do trabalho no sítio.

Mamãe mandara Alice se deitar para descansar, Jack estava de pés para cima na sala, e Ellie, no primeiro andar, tentava dormir meia hora antes que o bebê tornasse a acordar para mamar. Então, sem perder tempo, comecei a contar a mamãe o meu temor. Ela estava se balançando na cadeira, mas nem cheguei a terminar a primeira frase e a cadeira parou. Mamãe escutou atentamente minhas preocupações e razões para suspeitar do bebê. Seu rosto, no entanto, permaneceu tão imóvel e calmo que não pude fazer ideia do que estava pensando. Assim que saiu a última palavra da minha boca, ela se levantou.

— Espere aqui. Precisamos tirar isso a limpo de uma vez por todas.

Ela saiu da cozinha. Quando voltou, trazia o bebê nos braços, embrulhado no xale de Ellie.

— Apanhe a vela — disse, encaminhando-se para a porta.

Saímos para o terreiro, mamãe andando depressa como se soubesse exatamente aonde ia e o que ia fazer. Acabamos do outro lado da estrumeira e paramos na lama ao redor do poço, que era suficientemente fundo e largo para fornecer água às nossas reses, mesmo no mês mais seco do verão.

— Segure a vela no alto para podermos observar tudo — disse-me. — Não quero que fique nenhuma dúvida.

Então, para meu horror, ela estendeu os braços e segurou a criança sobre a água parada e escura.

— Se ela boiar, a bruxa está dentro dela. Se afundar, é inocente. Então, vamos ver...

— *Não!* — gritei, minha boca se abrindo sozinha e as palavras saindo mais depressa do que eu conseguia pensá-las. — Não faça isso, por favor. É a filhinha de Ellie.

Por um momento, pensei que ela fosse deixar o bebê cair, mas ela sorriu, tornou a aconchegá-lo ao peito e beijou-o na testa gentilmente.

— Claro que é a filhinha de Ellie, filho. Você não percebe só de olhar para ela? De qualquer modo, o teste da "flutuação" é aplicado pelos tolos e não prova nada. Em geral, amarram as mãos da pobre mulher aos pés e a atiram em água funda e escura. Se ela afunda ou flutua, depende da sorte e do tipo de corpo que possui. Não tem qualquer relação com a feitiçaria.

— E quanto ao jeito com que o bebê ficou olhando para Alice?

Minha mãe sorriu e balançou a cabeça.

— Os olhos de um recém-nascido não conseguem focalizar direito — explicou-me. — Provavelmente foi apenas a luz da vela que chamou sua atenção. Lembre-se: Alice estava sentada perto da vela. Mais tarde, cada vez que ela passava, o olhar da neném era atraído pela alteração na claridade. Não foi nada. Nada com que se preocupar.

— Mas, e se, assim mesmo, a neném de Ellie estiver possuída? — perguntei. — Se houver alguma coisa dentro dela que não podemos ver?

— Escute, filho, como parteira, trouxe o bem e o mal para este mundo, e reconheço o mal só de olhar. Esta criança é boa e não há nada nela com que se preocupar. Nadinha.

— Mas não é estranho que tenha nascido na mesma hora em que Mãe Malkin morreu?

— Na verdade, não. É a vida. Às vezes, quando uma coisa má deixa o mundo, chega uma boa para substituí-la. Já vi isso acontecer antes.

Naturalmente, percebi, naquele momento, que mamãe jamais pensara em deixar a neném cair e só estava tentando me dar um susto para me chamar à razão, mas, na volta, quando atravessamos o terreiro, meus joelhos ainda tremiam só de pensar. Foi então que, ao chegar à porta da cozinha, me lembrei de uma coisa.

— O sr. Gregory me deu um livrinho sobre possessão. Ele me disse para ler com atenção, mas o problema é que está escrito em latim e até agora só tive três aulas desse idioma.

— Não é o meu idioma favorito — disse mamãe, parando à porta. — Verei o que posso fazer, mas terá de aguardar até eu voltar: estou esperando um chamado hoje à noite. Nesse ínterim, por que não pede a Alice? Talvez ela possa ajudar.

Minha mãe não se enganara ao dizer que esperava um chamado. Pouco depois da meia-noite, uma carroça veio buscá-la, os cavalos cobertos de suor. Aparentemente a mulher de um agricultor em trabalho de parto estava passando muito mal havia mais de um dia e uma noite. E morava longe, quase trinta quilômetros ao sul. Isso significava que mamãe ficaria fora uns dois dias ou mais.

Na verdade, eu não queria pedir a Alice para me ajudar com o latim. Sabia que o Caça-feitiço teria desaprovado. Afinal, era um livro de sua biblioteca, e a ideia de Alice sequer tocá-lo não o teria agradado. Ainda assim, que opção eu tinha? Desde que chegara em casa, andava pensando cada vez mais em Mãe Malkin, e simplesmente não conseguia tirá-la da cabeça. Era um instinto, uma impressão, mas sentia que ela estava lá fora no escuro e mais próxima a cada noite.

Então, na noite seguinte, depois que Jack e Ellie foram se deitar, bati de mansinho na porta do quarto de Alice. Não era uma coisa que eu pudesse lhe pedir durante o dia porque ela estava sempre ocupada, e, se Ellie ou Jack ouvissem, eles não iriam gostar. Principalmente com a aversão que Jack sentia pelo ofício de caça-feitiço.

Precisei bater duas vezes para Alice abrir a porta. Eu tinha receio de que já estivesse dormindo, mas ela ainda não havia se despido e não pude deixar de olhar para os seus sapatos de bico fino. Em cima da cômoda havia uma vela junto ao espelho. Acabara de ser apagada — e ainda fumegava.

— Posso entrar? — perguntei, erguendo a minha vela alto para iluminar seu rosto. — Quero lhe pedir um favor.

Alice consentiu que eu entrasse e fechou a porta.

— Tenho um livro que preciso ler, mas está escrito em latim. Mamãe disse que você talvez pudesse me ajudar.

— Cadê?

— No meu bolso. É só um livrinho. Para quem sabe latim não deve levar muito tempo para ler.

Alice soltou um suspiro cansado e profundo.

— Já tenho muito que fazer no momento — queixou-se. — Sobre o que é?

— Possessão. O sr. Gregory acha que Mãe Malkin poderá voltar para se vingar e usará a possessão.

— Me deixe ver — respondeu ela, estendendo a mão. Coloquei minha vela ao lado da dela, meti a mão no bolso da calça e tirei o livrinho. Ela o folheou calada.

— Você saberia ler? — perguntei.

— Não vejo por que não. Lizzie me ensinou, e ela sabe latim até de trás para a frente.

— Então vai me ajudar?

Alice não respondeu. Em lugar disso, ergueu o livro muito perto do rosto e cheirou-o com exagero.

— Você tem certeza de que isto presta para alguma coisa? — perguntou-me. — Escrito por um padre; normalmente, eles não sabem nada.

— O sr. Gregory disse que era a "obra definitiva", o que significa que é o melhor livro que já escreveram sobre o assunto.

Ela ergueu a cabeça e, para minha surpresa, seus olhos expressavam raiva.

— Eu sei o que quer dizer definitivo. Acha que sou ignorante, ou o quê? Estudei anos, estudei, e você mal começou. Lizzie tinha muitos livros, agora viraram cinzas. Tudo queimado.

Murmurei que lamentava e ela sorriu para mim.

— O problema é que — e sua voz, de repente, se suavizou — ler isso vai me tomar tempo e estou muito cansada para começar agora. Amanhã sua mãe ainda não terá voltado e estarei mais ocupada que nunca. Aquela sua cunhada prometeu me ajudar, mas vai estar cuidando do bebê, e a cozinha e a limpeza tomarão a maior parte do meu dia. Mas se você me ajudar...

Eu não soube o que responder. Estaria ajudando Jack e não teria muito tempo livre. O problema era que homens jamais cozinhavam nem limpavam a casa, e não era assim só no nosso sítio. Era assim em todo o Condado. Os homens trabalhavam no campo ao ar livre com qualquer tempo, e, quando entravam em casa, as mulheres os esperavam com uma refeição quente à mesa. O único dia em que ajudávamos na cozinha era o Natal, quando lavávamos a louça como um presente especial para mamãe.

Era como se Alice pudesse ler os meus pensamentos, porque seu sorriso se alargou.

— Não vai ser tão pesado, vai? As mulheres dão comida às galinhas e ajudam na colheita; então, por que os homens não podem ajudar na cozinha? Me ajude a lavar a louça, só isso. E algumas panelas precisam ser areadas antes de eu começar a cozinhar.

Então concordei com o que estava me pedindo. Que opção me restava? Só esperava que Jack não me pilhasse fazendo aquele serviço. Ele jamais compreenderia.

Levantei-me ainda mais cedo do que de costume e consegui arear as panelas antes de Jack descer. Demorei-me a tomar o café da manhã, comendo muito devagarinho, o que não era o meu normal, e isso bastou para atrair, no mínimo, um olhar desconfiado de Jack. Depois que ele saiu para o campo, lavei as panelas o mais depressa que pude e comecei a secá-las. Eu devia ter imaginado o que aconteceria, porque Jack jamais fora paciente.

Ele veio do terreiro, xingando e praguejando, e me viu pela janela, seu rosto contraído de incredulidade. Então, cuspiu no chão, deu a volta e escancarou a porta da cozinha.

— Quando você tiver acabado — disse sarcástico —, tem trabalho de homem para você fazer. E pode começar verificando e consertando os chiqueiros. Snout vem amanhã. Temos cinco porcos para serem abatidos e não queremos gastar o nosso tempo caçando os fujões.

Snout era o apelido que demos ao carniceiro, e Jack tinha razão. Por vezes, os porcos entravam em pânico quando Snout começava a trabalhar, e, se houvesse alguma brecha no cercado, com certeza, eles a encontrariam.

Jack se virou para ir embora, pisando forte, então; de repente, xingou em voz alta. Fui até a porta para ver o que acontecera. Sem querer, ele pisara em um enorme sapo, esmagando-o. Diziam que dava azar matar rãs ou sapos, e Jack tornou a xingar, contraindo de tal forma o rosto que suas sobrancelhas espessas se juntaram sobre a ponte do nariz. Ele chutou o sapo morto para baixo do ralo de escoamento e foi embora, balançando a cabeça. Não consegui entender o que tinha acontecido com ele. Meu irmão não costumava ser tão mal-humorado.

Fiquei em casa e enxuguei até a última panela — já que ele me pegara em flagrante, então era melhor terminar o serviço. Além disso, os porcos fediam e eu não estava tão ansioso para começar a tarefa que Jack me dera.

— Não se esqueça do livro — lembrei a Alice ao abrir a porta para sair, mas ela me deu um sorriso estranho.

Não voltei a falar com Alice a sós até tarde da noite. Depois que Jack e Ellie foram dormir, pensei em visitar novamente o seu quarto, mas ela desceu à cozinha, trazendo o livro, e se sentou na cadeira de balanço de mamãe, perto das brasas da lareira.

— Você areou bem as panelas, areou mesmo. Deve estar doido para descobrir o que tem aqui — disse Alice, batendo na lombada do livro.

— Se ela voltar, eu quero estar preparado. Preciso saber o que posso fazer. O Caça-feitiço me disse que provavelmente virá *infesta*. Você sabe o que é?

Os olhos de Alice se arregalaram e ela fez que sim com a cabeça.

— Por isso, tenho que me preparar. Se tiver alguma coisa nesse livro que possa me ajudar, preciso saber.

— Este padre não é como os outros — respondeu Alice estendendo-me o livro. — Conhece bem o assunto; ah, isso conhece. Lizzie gostaria mais dele do que dos bolos à meia-noite.

Guardei o livro no bolso da calça e puxei um banquinho para perto da lareira, de frente para o que restara do fogo. Comecei, então, a fazer minhas perguntas. No início foi, realmente, difícil. Ela não adiantava muita informação, e a pouca que eu conseguia extrair só fazia com que eu me sentisse pior.

Comecei pelo estranho título do livro: *Os malditos, os tontos e os desesperados*. Que significava? Por que dar um título desse a um livro?

— A primeira palavra é coisa de padre — respondeu Alice, virando os cantos da boca para baixo em uma expressão de desdém. — Usam essa palavra para se referir às pessoas que agem de maneira diferente. Pessoas como sua mãe, que não vai à igreja nem faz as orações certas. Pessoas que não são iguais aos padres. Pessoas que são canhotas — disse ela me dando um sorriso de quem sabe das coisas.

"A segunda palavra é mais útil — continuou. — Um corpo recém-possuído fica desequilibrado. Cai a toda hora. Leva tempo, sabe, para o possuidor se acomodar confortavelmente no novo corpo. É como tentar usar sapatos novos. E deixa o possuído mal-humorado também. Alguém calmo e plácido pode explodir sem aviso. Então, essa é outra maneira de saber.

"A terceira palavra é a mais fácil. Uma feiticeira, que no passado teve um corpo humano saudável, fica desesperada para obter outro. Uma vez que consegue, fica desesperada para não perdê-lo. Não vai desistir dele sem luta. Fará qualquer coisa. Qualquer coisa no mundo. É por isso que os possuídos são tão perigosos."

— Se ela viesse aqui, quem seria? — perguntei. — Se estivesse *infesta*, quem tentaria possuir? A mim? Tentaria se vingar dessa forma?

— Tentaria, se adiantasse. Mas não é fácil, sendo você o que é. Gostaria de me usar também, mas não lhe darei oportunidade. Não, ela escolheria o mais fraco. O mais acessível.

— O bebê de Elllie?

— Não, não serviria. Teria de esperar o bebê crescer. Mãe Malkin nunca foi muito paciente e, depois de ter ficado presa naquela cova na casa do Velho Gregory, deve ter piorado. Se viesse fazer mal a você, primeiro arranjaria um corpo forte e saudável.

— Ellie, então? Escolheria Ellie!

— Não tem nada que você saiba? — perguntou Alice, balançando a cabeça incrédula. — Ellie é forte. Resistiria. Não, os homens são muito mais fáceis. Principalmente um homem que tem a cabeça governada pelo coração. Alguém capaz de ter acessos de raiva sem parar para pensar.

— Jack?

— Será Jack, com certeza. Pense o que seria ter um Jack alto e forte caçando você. Mas o livro está certo sobre uma coisa Um corpo recém-possuído é mais fácil de enfrentar. Está desesperado, mas tonto também.

Tirei a minha caderneta do bolso e comecei a anotar tudo que me pareceu importante. Alice não falava tão rápido quanto o Caça-feitiço, mas, passado algum tempo, ela disparou e não demorou muito o meu pulso começar a doer. Quando chegou à parte das coisas realmente importantes — como lidar com os possuídos —, havia vários lembretes de que a alma original continuava presa àqueles corpos. Portanto, se feríssemos o corpo, poderíamos ferir a alma inocente também. Assim, matar o corpo para livrá-lo do possessor era tão grave quanto praticar um homicídio.

Na verdade, aquela seção do livro me desapontou: parecia não haver muito que se pudesse fazer. Por ser padre, o autor achava que um exorcismo usando velas e água-benta era o melhor modo de expulsar o possessor e libertar a vítima, mas ele admitia que nem todos os padres podiam fazer isso, e pouquíssimos podiam fazê-lo corretamente. Fiquei com a impressão de que, provavelmente, os padres que podiam eram sétimos filhos de sétimos filhos, e era isso o que importava.

Ao chegar a esse ponto, Alice alegou que estava cansada e foi se deitar. Eu também estava sentindo bastante sono. Já esquecera como o trabalho do campo podia ser pesado e sentia dores da cabeça aos pés. Uma vez no meu quarto, afundei agradecido na cama, ansioso para adormecer. Os cães, porém, começaram a latir no terreiro.

Achando que alguma coisa os assustara, abri a janela e olhei na direção do morro do Carrasco, respirando profundamente o ar noturno para despertar e clarear minha cabeça. Aos poucos, os cães foram sossegando e, por fim, pararam de latir.

Quando eu ia fechando a janela, a lua saiu de trás de uma nuvem. A claridade do luar podia revelar a verdade das coisas — me dissera Alice, uma vez — da mesma forma que a minha sombra comprida revelara a Lizzie que havia algo diferente em mim. Não era lua cheia, apenas um quarto minguante reduzido a uma pestana, mas me mostrou algo novo, algo que eu não poderia ter visto sem a lua. À sua luz, pude ver uma leve trilha prateada serpeando pelo morro do Carrasco abaixo. Passava sob a cerca e atravessava a pastagem norte, depois cruzava o campo de feno a leste e desaparecia em algum ponto atrás do celeiro. Pensei, então, em Mãe Malkin. Eu tinha visto aquela trilha prateada quando a empurrara para o rio. Agora havia ali outra que tinha a mesma aparência e vinha ao meu encontro.

Com o coração batendo forte no peito, desci as escadas nas pontas dos pés e saí pela porta dos fundos, fechando-a cuidadosamente ao passar. A lua se escondera atrás de uma nuvem e, quando contornei os fundos do celeiro, a trilha prateada tinha sumido, mas ainda havia um claro vestígio de que alguma coisa descera o morro em direção aos prédios do nosso sítio. O capim estava achatado como se uma lesma gigantesca tivesse rastejado por ali.

Aguardei a lua reaparecer para poder examinar o lajeado atrás do celeiro. Instantes depois, a nuvem se dissipou, e o que realmente vi me apavorou. A trilha prateada brilhou ao luar, e a direção que tinha tomado era inconfundível. Passara ao largo do chiqueiro e descrevera um amplo arco ao redor do celeiro para alcançar o lado mais distante do terreiro. Dali continuara em direção à casa, parando diretamente sob a janela de Alice, onde um velho alçapão de madeira cobria a escada de acesso ao porão.

Há gerações passadas, o agricultor que morava ali produzia cerveja e a fornecia aos sítios vizinhos e até a algumas estalagens. Por isso, os habitantes locais chamavam a nossa propriedade de Sítio do Cervejeiro, embora nós a chamássemos apenas de "nosso lar". A escada permitia carregar e descarregar os barris sem precisar passar por dentro de casa.

O alçapão continuava no mesmo lugar, cobrindo a escada, um forte cadeado enferrujado juntava suas metades, mas havia uma fresta estreita entre elas, onde as bordas da madeira não se encaixavam perfeitamente. A fresta não era mais larga do que o meu polegar, mas a trilha prateada terminava exatamente ali, e eu sabia que a coisa que rastejara até aquele ponto dera um jeito de passar por aquela frestinha. Mãe Malkin tinha voltado e estava *infesta*, seu corpo bastante macio e flexível para penetrar a fenda mais ínfima que houvesse.

E já estava no porão.

Nunca usávamos o porão, mas lembrava-me bem daquele aposento. O chão era de terra batida e estava quase todo ocupado por barris velhos. As paredes da casa eram espessas e ocas, o que significava que logo ela poderia chegar a qualquer ponto das paredes, a qualquer ponto da casa.

Ergui os olhos e vi o brilho de uma vela na janela do quarto de Alice. Ela ainda não se deitara. Entrei em casa e, momentos depois, estava parado à porta do seu quarto. O truque era bater de leve apenas o suficiente para avisar que eu estava ali sem acordar mais ninguém. No momento em que aproximei a mão da porta, pronto para bater, ouvi sons no interior do quarto.

Ouvi a voz de Alice. Ela parecia estar falando com alguém.

Não gostei do que estava ouvindo, mas bati assim mesmo. Esperei um momento, mas como Alice não veio atender, encostei o ouvido à porta. Com quem poderia estar falando no quarto? Eu sabia que Ellie e Jack tinham ido deitar, e, de qualquer modo, só estava ouvindo uma voz, a de Alice. Pareceu-me diferente, porém. Lembrou-me outra que eu já ouvira. Quando subitamente identifiquei a quem pertencia, desencostei o ouvido, como se a madeira me queimasse, e dei um grande passo para longe da porta.

A voz afinava e engrossava como a de Lizzie Ossuda quando estivera parada à beira da cova segurando em cada mão um ossinho branco de polegar.

Quase antes de perceber o que estava fazendo, agarrei a maçaneta, girei-a e escancarei a porta.

Alice, abrindo e fechando a boca, cantava para o espelho. Estava sentada na ponta de uma cadeira de espaldar reto, fitando o espelho da cômoda por cima da chama da vela. Respirei fundo e me aproximei para ver melhor.

Era primavera no Condado e, depois que anoitecia, o quarto esfriava; apesar disso, havia grandes gotas de suor na testa de Alice. Enquanto eu a observava, duas gotas se juntaram e escorreram para o seu olho esquerdo, vazando para a face como se fosse uma lágrima. A garota fixava o espelho de olhos arregalados, mas, quando chamei seu nome, ela sequer piscou.

Coloquei-me às costas da cadeira e vi o reflexo do castiçal de latão no espelho, mas, para meu horror, o rosto no espelho acima da chama não pertencia a Alice.

Era um rosto velho, cansado, gasto e enrugado, os grossos cabelos grisalhos e brancos caindo como cortinas dos lados das bochechas magras e pálidas. Era o rosto de quem passara um bom tempo na terra fria.

Seus olhos se moveram, esvoaçando para a esquerda ao encontro do meu olhar. Eram pontinhos vermelhos de fogo. Embora o rosto se abrisse em um sorriso, os olhos ardiam de raiva e ódio.

Não havia dúvida. Era o rosto de Mãe Malkin.

Que estava acontecendo? Alice já estaria possuída? Ou estaria usando o espelho para falar com Mãe Malkin?

Sem pensar, agarrei o castiçal e brandi sua base pesada contra o espelho, que explodiu com um forte estrépito ao qual se seguiu uma chuva de vidro que brilhava e retinia. Alice soltou um grito alto e agudo.

Foi o pior guincho que se pode imaginar. Estava carregado de angústia e me lembrou o grito que o porco às vezes dá ao ser abatido. Contudo, não senti pena de Alice, embora ela estivesse chorando e puxando os cabelos, seus olhos alucinados e cheios de terror.

Percebi que a casa se encheu rapidamente de outros sons. O primeiro foi o grito da filhinha de Ellie; o segundo foi a voz grave de um homem xingando e praguejando; o terceiro foram botas pesadas, descendo a escada.

Jack irrompeu furiosamente no quarto. Deu uma rápida olhada no espelho partido, depois avançou para mim e ergueu o punho. Suponho que tenha pensado que tudo era minha culpa, porque Alice continuava a berrar, eu estava segurando o castiçal e havia pequenos cortes nos nós dos meus dedos causados pelos cacos do vidro.

Nessa hora, Ellie entrou no quarto. No braço direito, trazia aninhado o bebê que ainda rebentava de chorar, mas, com a mão livre, ela segurou Jack e puxou-o até ele abrir o punho e baixar o braço.

— Não, Jack — pediu. — De que adiantará?

— Não posso acreditar que você tenha feito isso — disse ele me encarando com ferocidade. — Sabe que idade tinha esse espelho? Que acha que papai vai dizer? Como é que ele vai se sentir quando vir?

Não admira que Jack estivesse zangado. Já tinha sido bastante ruim acordar todo mundo, mas aquela cômoda pertencera a nossa avó paterna. Agora que papai tinha me dado o estojinho para fazer fogo, aquele passava a ser o último objeto de família que ele possuía.

Jack deu dois passos em minha direção. A vela não se extinguira quando quebrei o espelho e recomeçou a piscar aos seus gritos.

— Por que fez isso? Que diabo deu em você? — berrou.

O que eu poderia responder? Apenas encolhi os ombros e fiquei olhando para minhas próprias botas.

— Afinal, que está fazendo neste quarto? — insistiu ele.

Não respondi. Qualquer coisa que dissesse só iria piorar as coisas.

— De agora em diante, fique no seu quarto — gritou Jack. — Tenho vontade de botar os dois para correr agora mesmo.

Olhei para Alice, que continuava sentada na cadeira, com a cabeça entre as mãos. Tinha parado de chorar, mas seu corpo ainda se sacudia.

Quando tornei a me virar, a raiva de Jack cedera lugar ao susto. Olhava para Ellie, que, repentinamente, pareceu cambalear. Antes que Jack pudesse dar um passo, ela perdeu o equilíbrio e caiu contra a parede. Jack esqueceu o espelho por um instante para acudir sua mulher.

— Não sei o que deu em mim — disse ela nervosa. — De repente, senti que ia desmaiar. Ah! Jack! Jack! Quase deixei nossa filha cair!

— Não deixou e ela está bem. Não se preocupe. Deixe que eu a seguro...

Com o bebê nos braços, Jack se acalmou.

— Por ora, tire esses cacos daqui — disse ele. — Conversaremos sobre isso amanhã.

Ellie aproximou-se da cama e pôs a mão no ombro de Alice.

— Alice, vamos para baixo enquanto Tom limpa o quarto. Vou preparar uma bebida para nós.

Momentos depois, todos tinham descido à cozinha e me deixado sozinho para recolher os cacos. Passados uns dez minutos, desci para apanhar uma escova e uma pá. Encontrei os três sentados ao redor da mesa da cozinha e bebendo chá de ervas; o bebê continuava adormecido nos braços de Ellie. Estavam em silêncio e ninguém me ofereceu nada para beber. Ninguém sequer olhou na minha direção.

Tornei a subir e limpei tudo o melhor que pude, depois fui para o meu próprio quarto. Sentei-me na cama e fiquei olhando pela janela, me sentindo aterrorizado e solitário. Alice já estaria possuída? Afinal, tinha sido o rosto de Mãe Malkin que eu vira refletido no espelho. Se fosse, então o bebê e todos em casa estavam correndo um perigo real.

Alice não tentara fazer nada naquela hora, mas ela era relativamente pequena comparada a Jack; por isso, Mãe Malkin precisaria ser astuta. Esperaria que todos fossem dormir. Eu seria o alvo principal. Ou talvez o bebê. O sangue de uma criança a fortaleceria.

Ou eu teria partido o espelho bem na hora? Teria quebrado o feitiço no momento exato em que Mãe Malkin ia possuir Alice? Outra possibilidade é que Alice apenas estivesse conversando com a feiticeira, usando o espelho. Ainda assim, era bastante ruim. Significava que eu tinha dois inimigos com que me preocupar.

Era preciso fazer alguma coisa. Mas, o quê? Sentado ali, com a cabeça dando voltas, tentando encontrar uma explicação, ouvi uma leve batida na porta do quarto. Pensei que fosse Alice e não fui abrir. Então, uma voz chamou o meu nome baixinho. Era Ellie; por isso, abri a porta.

— Podemos conversar aí dentro? — perguntou-me. — Não quero correr o risco de acordar minha filhinha. Acabei de fazê-la dormir outra vez.

Concordei com um aceno de cabeça, e Ellie entrou e fechou cuidadosamente a porta ao passar.

— Você está bem? — perguntou-me com um ar apreensivo.

Confirmei silenciosamente, mas não consegui encarar seus olhos.

— Você gostaria de me contar o que houve? — perguntou-me. — Você é um rapaz sensato, Tom, e deve ter tido uma razão muito boa para o que fez. Conversar comigo pode fazer você se sentir melhor.

Como poderia lhe contar a verdade? Quero dizer, Ellie tinha um bebê para cuidar, como poderia lhe contar que havia uma feiticeira que gostava de sangue de criança solta em casa? Então, compreendi que, pelo bem do bebê, eu teria de lhe dizer alguma coisa. Ela precisava conhecer a gravidade da situação. Precisava ir embora.

— Tem uma coisa, Ellie. Mas não sei por onde começar.

Ellie sorriu.

— Que tal pelo começo...?

— Alguma coisa me seguiu até aqui — disse, olhando-a nos olhos. — Uma coisa maligna que quer me fazer mal. Foi por isso que quebrei o espelho. Alice estava falando com ela e...

Os olhos de Ellie inesperadamente faiscaram de raiva.

— Conte isso ao Jack e certamente você vai *sentir* o peso do punho dele! Você quer dizer que trouxe uma coisa para cá, sabendo que eu tenho um bebê para criar? Como pôde? Como pôde fazer isso?

— Eu não sabia que isso ia acontecer — protestei. — Só descobri hoje à noite. Por isso, estou lhe dizendo agora. Você tem que ir embora daqui e levar o bebê para um lugar seguro. Vá logo, antes que seja tarde demais.

— Quê? Neste instante? No meio da noite?

Confirmei.

Ellie sacudiu a cabeça com firmeza.

— Jack se recusaria. Não iria ser expulso da própria casa no meio da noite. Por nada neste mundo. Não, esperarei. Vou ficar aqui e fazer minhas orações. Minha mãe me ensinou. Dizia que, se realmente rezamos com fervor, nada das trevas pode nos fazer mal. E acredito piamente nisso. E você poderia estar enganado, Tom — acrescentou. — Você é jovem e está só começando a aprender o ofício, de maneira que a situação pode não ser tão ruim quanto imagina. E sua mãe deve estar voltando a qualquer momento. Se não for esta noite, certamente amanhã à noite. Ela saberá o que fazer. Nesse meio-tempo, fique longe do quarto dessa garota. Tem alguma coisa errada com ela.

Quando abri a boca para falar, querendo fazer mais uma tentativa de convencê-la a ir embora, uma expressão de susto espalhou-se pelo rosto de Ellie, ela cambaleou e se apoiou na parede com a mão para não cair.

— Olhe o que você fez agora. Fico tonta só de pensar no que está acontecendo aqui.

Ela se sentou na minha cama e apoiou a cabeça entre as mãos por um momento, enquanto eu a observava infeliz, sem saber o que fazer ou dizer.

Passados uns momentos, Ellie tornou a se levantar.

— Precisamos falar com sua mãe assim que ela chegar, mas até lá lembre-se de ficar longe da Alice. Promete?

Prometi e, com um sorriso triste, ela voltou para o seu quarto.

Somente quando se foi é que me ocorreu...

Ellie tinha tonteado uma segunda vez e dito que sentia que ia desmaiar. Uma tonteira poderia ser apenas um acaso. Apenas cansaço. Mas duas! Estava tonta. Ellie estava tonta e esse era o primeiro sinal da possessão!

Comecei a andar de um lado para o outro. Sem dúvida, eu estava enganado. Não Ellie! Não poderia ser Ellie. Talvez fosse apenas cansaço. Afinal, o bebê não a deixava dormir muito. Mas ela era forte e saudável. Fora criada em um sítio e não era pessoa de se deixar abater por nada. E toda aquela conversa de rezas. Talvez fosse para eu não desconfiar dela.

Alice não me havia dito que Ellie seria difícil de possuir? Disse também que provavelmente seria o Jack, mas ele não tinha manifestado nenhum sinal de tonteira. Não havia, porém, como negar que a cada dia estava se tornando mais mal-humorado e agressivo! Se Ellie não o tivesse impedido, teria arrancado minha cabeça dos ombros a socos.

Por outro lado, se Alice fosse cúmplice de Mãe Malkin, tudo que ela dissesse visaria a me despistar. Eu não podia sequer confiar em sua versão do livro do Caça-feitiço! Talvez estivesse mentindo para mim o tempo todo! Eu não sabia latim; por isso, não tinha como verificar o que dizia.

Compreendi que poderia ser qualquer um. Poderia haver um ataque a qualquer momento e eu não tinha como saber de quem viria!

Com alguma sorte, minha mãe voltaria antes do amanhecer. Ela saberia o que fazer. O dia, no entanto, ainda ia demorar e eu não podia dormir. Teria que vigiar a noite inteira. Se Jack ou Ellie estivessem possuídos, não havia nada que eu pudesse fazer. Não podia entrar no quarto deles; portanto, só me restava vigiar Alice.

Saí para o corredor e me sentei na escada entre a porta para o quarto de Ellie e Jack e o meu. Dali podia ver a porta de Alice no andar de baixo. Se ela deixasse o quarto, pelo menos eu poderia dar o alarme.

Decidi que, se minha mãe não voltasse, eu partiria ao amanhecer; além dela, só havia mais uma possibilidade de ajuda...

Foi uma longa noite e, a princípio, eu me assustei com os menores ruídos — um rangido na escada ou um leve movimento nas tábuas do soalho de um dos quartos. Gradualmente, porém, fui me acalmando. Era uma casa velha e eu estava acostumado com seus barulhos — eram normais quando a casa se acomodava e esfriava ao longo da noite. Quando o dia começou a raiar, porém, recomecei a me inquietar.

Ouvi leves arranhões dentro das paredes. Pareciam unhas raspando pedra, e não era sempre no mesmo lugar. Por vezes, era um pouco acima da escada à esquerda; outras, abaixo, perto do quarto de Alice. Eram tão leves que ficava difícil saber se eu estava ou não imaginando. Comecei, no entanto a sentir frio, muito frio, e isso me dizia que o perigo rondava por perto.

Em seguida, os cães começaram a latir e, em poucos minutos, os outros animais enlouqueceram também; os porcos peludos guinchavam tão alto que poderia se pensar que o carniceiro já chegara. Como se isso não bastasse, a barulheira fez o bebê começar a chorar.

Eu estava com tanto frio agora que sentia arrepios e tremores por todo o corpo. Era preciso fazer alguma coisa.

No barranco do rio, enfrentando a feiticeira, as minhas mãos tinham sabido o que fazer. Desta vez, foram as minhas pernas que agiram mais rápido do que a minha cabeça. Levantei-me e corri. Aterrorizado, com o coração batendo violentamente, desci a escada aos saltos, aumentando o tumulto. Eu só precisava sair e me afastar da feiticeira. Nada mais importava. Toda a minha coragem desaparecera.

CAPÍTULO 13
PORCOS PELUDOS

Saí correndo de casa para o norte, rumo ao morro do Carrasco, ainda em pânico, só reduzindo a velocidade quando cheguei à pastagem norte. Precisava de ajuda e depressa. Ia voltar a Chipenden. Agora, somente o Caça-feitiço poderia me ajudar.

Quando cheguei à cerca divisória, os animais repentinamente silenciaram e me virei para olhar em direção à fazenda. Consegui ver apenas a estrada de terra ziguezagueando ao longe como uma mancha escura na colcha de retalhos dos campos cinzentos.

Foi então que vi uma luz na estrada. Uma carroça seguia em direção ao nosso sítio. Seria minha mãe? Por alguns minutos, minhas esperanças aumentaram. À medida que a carroça se aproximava do portão, ouvi uma tosse comprida, o ruído de catarro subindo à garganta e sendo cuspido. Era Snout, o carniceiro dos porcos. Ia abater cinco dos nossos maiores porcos peludos; uma vez morto, cada porco precisa ser bem raspado; por isso ele estava chegando cedo.

Snout nunca me fizera mal algum, mas eu sempre me alegrava quando terminava o abate e ele ia embora. Minha mãe jamais gostara dele tampouco. Detestava o jeito com que ele ficava puxando catarro e cuspindo no terreiro. Era um homem grande, mais alto que Jack, e musculoso. Precisava de músculos em seu trabalho. Alguns porcos pesavam mais do que um homem e lutavam como loucos para fugir do facão. Havia, no entanto, uma parte em Snout que ele desleixara. Suas camisas estavam sempre curtas, os dois botões inferiores abertos e as banhas da barriga branca caindo por cima do avental de couro marrom que ele usava para impedir que as calças se encharcassem de sangue. Ele não devia ter mais de trinta anos, mas seus cabelos eram ralos e escorridos.

Desapontado que não fosse minha mãe, observei-o tirar a lanterna do gancho da carroça e começar a descarregar seus instrumentos.

Instalou-se para trabalhar na frente do celeiro, bem perto do chiqueiro.

Eu já perdera bastante tempo e comecei a subir a cerca para entrar na mata, quando, pelo canto do olho, percebi um movimento ao pé do morro. Um vulto vinha em minha direção, dirigindo-se apressado para os degraus da cerca no extremo da pastagem norte.

Era Alice. Eu não queria que ela me seguisse, mas era melhor resolver isso logo do que deixar para mais tarde; então, me sentei na cerca e esperei-a me alcançar. Não precisei esperar muito porque ela subiu o morro correndo.

Não se aproximou, parou a uns nove ou dez passos de distância, as mãos nos quadris tentando recuperar o fôlego. Olhei-a de alto a baixo, notando mais uma vez o vestido preto e os sapatos de bico fino.

Devo tê-la acordado quando desci a escada aos saltos, e, para ter me encontrado tão rápido, ela devia ter se vestido depressa e saído imediatamente em meu encalço.

— Não quero falar com você — gritei para ela, o nervosismo tornando minha voz trêmula e mais aguda do que o normal. — Tampouco perca seu tempo em me seguir. Você teve a sua oportunidade, de agora em diante é melhor ficar longe de Chipenden.

— É melhor falar comigo, se souber o que é bom para você — respondeu Alice. — Daqui a pouco será tarde demais e tem uma coisa que você precisa saber. Mãe Malkin já está aqui.

— Eu sei. Eu a vi.

— Não é só no espelho. Não é só isso. Ela está lá, em algum lugar dentro da casa — continuou Alice, apontando para a descida do morro.

— Já falei que sei — respondi zangado. — A lua me mostrou a trilha que ela deixou, e, quando subi para lhe contar, o que foi que encontrei? Vocês duas conversando, e provavelmente não foi a primeira vez.

Lembrei-me da primeira noite em que subira ao quarto de Alice e lhe entregara o livro. Quando entrei, a vela ainda estava fumegando diante do espelho.

— Provavelmente foi você quem a trouxe aqui — acusei. — Você lhe informou onde eu estava.

— Isso não é verdade — retrucou Alice, com uma raiva tão intensa quanto a minha em sua voz. Ela se aproximou uns três passos. — Farejei a presença de Mãe Malkin, isso sim, e usei o espelho para ver onde estaria. Não podia saber que estava tão perto, podia? Ela foi mais forte que eu; por isso, não pude me libertar. Por sorte, você entrou naquela hora. Foi uma sorte para mim você quebrar aquele espelho.

Quis acreditar em Alice, mas como poderia confiar nela?

Quando se aproximou mais uns passos, eu me virei de lado, pronto para saltar no capinzal do outro lado da cerca.

— Vou voltar para Chipenden e trazer o sr. Gregory — disse-lhe. — Ele saberá o que fazer.

— Não há tempo para isso. Quando você voltar, será tarde demais. Tem que pensar no bebê. Mãe Malkin quer fazer mal a você e está sedenta de sangue humano. Sangue de criança é o que ela mais gosta. E o que lhe dá mais força.

O meu medo me fizera esquecer o bebê de Ellie. Alice tinha razão. A feiticeira não iria querer possuir o bebê, mas, com certeza, iria querer o seu sangue. Quando eu trouxesse o Caça-feitiço, já seria tarde demais.

— Mas que posso fazer? — perguntei. — Que chance eu tenho contra Mãe Malkin?

Alice sacudiu os ombros e virou os cantos da boca para baixo.

— Esse é o seu ofício. Com certeza, o Velho Gregory lhe ensinou alguma coisa que possa ser útil, não? Se você não anotou naquela sua caderneta, talvez tenha guardado na cabeça. Só precisa se lembrar, nada mais.

— Ele não falou muito sobre feiticeiras — respondi, sentindo-me subitamente aborrecido com o Caça-feitiço. — A maior parte do meu aprendizado até o momento tem sido sobre ogros e mais alguma coisa sobre fantasmas e sombras, enquanto todos os meus problemas estão sendo causados por feiticeiras.

Continuava a não confiar em Alice, mas agora, depois do que acabara de me dizer, eu não podia ir para Chipenden. Nunca conseguiria trazer o Caça-feitiço a tempo. O aviso sobre a ameaça ao bebê de Ellie parecia bem-intencionado, mas, se ela estivesse possuída ou do lado de Mãe Malkin, eram exatamente as palavras que não me deixariam escolha senão descer o morro e voltar ao sítio. As palavras que me impediriam de alertar o Caça-feitiço e que, por outro lado, me prenderiam no lugar em que a feiticeira me pegaria na hora que bem entendesse.

Na descida do morro me mantive longe de Alice, mas ela estava do meu lado quando entramos no terreiro e passamos pela frente do celeiro.

Snout estava ali afiando suas facas; ergueu os olhos quando me viu e me cumprimentou com um aceno de cabeça. Retribuí o aceno. Depois de me cumprimentar, ficou olhando Alice, calado, mas mediu-a da cabeça aos pés duas vezes. Então, antes de chegarmos à porta da cozinha, ele deu um assovio longo e forte de admiração. Seu rosto lembrava mais o de um porco do que o de um lobo mau, mas o tipo de assobio que deu estava carregado de deboche.

Alice fingiu não ouvir. Antes de preparar o café da manhã, tinha outra tarefa a cumprir: foi direto à cozinha e começou a limpar a galinha que iríamos almoçar ao meio-dia. Estava pendurada em um gancho ao lado da porta, o pescoço decepado e os miúdos já removidos de véspera. Começou lavando-a com água e sal, seu olhar concentrado no que fazia para evitar que seus dedos ágeis deixassem ficar alguma sujeira.

Foi então, enquanto a observava, que finalmente me lembrei de algo que poderia funcionar contra um corpo possuído.

Sal e ferro!

Não tinha muita certeza, mas valia a pena tentar. Era o que o Caça-feitiço usava para amarrar um ogro em uma cova e poderia dar resultado contra uma feiticeira. Se eu atirasse um punhado dos dois em alguém possuído, talvez expulsasse Mãe Malkin.

Eu não confiava em Alice e não queria que me visse apanhando sal; por isso, precisei esperar que terminasse de limpar a galinha e saísse da cozinha. Feito isso, antes de ir cuidar dos meus afazeres lá fora, fiz uma visita à oficina do meu pai.

Não demorei muito a encontrar o que precisava. De sua variada coleção de limas na prateleira sobre a bancada, escolhi a maior e mais grossa de todas. Era chamada de "bastarda" a lima que, quando eu era criança, me dava a única chance de usar essa palavra sem levar um piparote na orelha. Logo me pus a limar a borda de um velho balde de ferro, o ruído me dando aflição nos dentes. Não demorou muito, porém, um ruído muito mais alto cortou o ar.

Era o guincho de um porco agonizante, o primeiro dos cinco.

Eu sabia que Mãe Malkin poderia estar em qualquer lugar e, se ainda não tivesse possuído alguém, poderia escolher sua vítima a qualquer momento. Precisava, portanto, me concentrar e me manter o tempo todo vigilante. Mas, pelo menos, agora tinha com que me defender.

Jack queria que eu ajudasse Snout, mas eu sempre tinha uma desculpa preparada, dizia que estava terminando isto ou ia começar aquilo. Se ficasse preso trabalhando com o carniceiro, não poderia vigiar os demais. Visto que eu era apenas seu irmão fazendo uma breve visita e não um trabalhador assalariado, Jack não pôde insistir, mas quase fez isso.

No final, depois do almoço, roxo de raiva, ele foi obrigado a ajudar Snout, que era exatamente o que eu queria. Se ele estivesse trabalhando na frente do celeiro, eu poderia vigiá-lo de longe. Usei frequentes desculpas para ver Alice e Ellie também.

Uma das duas poderia estar possuída, mas, se fosse Ellie, haveria pouca possibilidade de salvar o bebê: a maior parte do tempo ele estava em seus braços ou dormindo no berço a seu lado.

Eu tinha o sal e o ferro, mas não a certeza de que seriam suficientes. O melhor teria sido uma corrente de prata. Mesmo pequena seria melhor do que nenhuma. Quando eu era mais novo, uma vez ouvi papai e mamãe conversando sobre uma corrente de prata que pertencia a ela. Nunca a vi usar correntes, mas talvez ainda estivesse em algum lugar na casa —, talvez no quarto de guardados sob o sótão que mamãe sempre mantinha trancado.

O quarto do casal, porém, não estava trancado. Normalmente, eu não teria entrado no quarto sem a sua permissão, mas estava desesperado. Procurei na caixa de joias de mamãe. Havia broches e anéis, mas nenhuma corrente de prata. Procurei no quarto todo. Senti-me realmente constrangido de revistar as gavetas, mas fiz isso. Pensei que talvez houvesse uma chave para o quarto de guardados, mas não a encontrei.

Enquanto procurava, ouvi as botas pesadas de Jack subindo a escada. Fiquei quieto, mal me atrevendo a respirar, mas ele foi ao próprio quarto por alguns momentos e tornou a descer sem se deter. Depois disso, concluí minha busca sem ter encontrado nada e desci para ir ver novamente o que os outros estavam fazendo.

Naquele dia, o ar estivera parado e calmo, mas, quando passei pelo celeiro, começou a soprar uma brisa. O sol ia se pondo, banhando tudo com um brilho morno e avermelhado, e prometendo tempo firme para o dia seguinte. Diante do celeiro em grandes ganchos havia agora três porcos pendurados de cabeça para baixo. Estavam rosados e recém-raspados, o último ainda pingando sangue em um balde, e Snout, ajoelhado, pelejava com o quarto, que estava lhe dando uma canseira — era difícil dizer qual dos dois grunhia mais alto.

Jack, com a frente da camisa empapada de sangue, me fuzilou com o olhar quando passei, mas eu apenas sorri e acenei com a cabeça. Os dois, Jack e Snout, estavam adiantados, mas ainda tinham muito trabalho pela frente, e continuariam ocupados muito depois de o sol se pôr. Até ali, porém, não havia o menor sinal de tonteira nem mesmo indício de possessão.

Uma hora depois escureceu. A dupla seguiu trabalhando à luz da fogueira que projetava suas sombras oscilantes pelo terreiro.

O horror começou quando fui ao barracão nos fundos do celeiro para apanhar um saco de batatas...

Ouvi um grito. Era um grito de terror. O grito de uma mulher confrontada com a pior coisa que poderia lhe acontecer.

Larguei o saco de batatas e saí correndo para a frente do celeiro. Ali, estaquei, incapaz de acreditar no que via.

Ellie estava parada a uns vinte passos de distância, com os braços estendidos para a frente, gritando sem parar, como se estivesse sob tortura. Caído a seus pés achava-se Jack, o sangue cobrindo seu rosto. Pensei que Ellie estivesse gritando por causa de Jack — mas, não, era por causa de Snout.

Ele estava de frente para mim, como se me esperasse. Na mão esquerda segurava o facão preferido afiado, o mais longo, o que sempre usava para cortar a garganta do porco. Congelei aterrorizado porque eu sabia o que tinha ouvido no grito de Ellie.

Com o braço direito, ele segurava o bebê.

Havia sangue de porco coagulado nas botas de Snout, e o que pingava do seu avental ainda escorria sobre suas botas. Ele aproximou a faca do bebê.

— Venha aqui, rapaz — gritou para mim. — Venha a mim. — Em seguida, soltou uma gargalhada.

Sua boca tinha aberto e fechado quando falou, mas não foi sua voz que saiu. Foi a de Mãe Malkin. Nem a gargalhada foi a dele, que subia da barriga. Era uma gargalhada de feiticeira.

Dei um passo lento em direção a Snout. Depois mais outro. Eu queria me aproximar. Queria salvar o bebê de Ellie. Tentei avançar mais depressa. Não consegui. Senti os pés chumbados. Era como se tentasse desesperadamente correr em um pesadelo. Minhas pernas se moviam como se não me pertencessem.

De repente, percebi uma coisa que me fez suar frio. Eu não estava andando em direção a Snout porque queria. Era porque Mãe Malkin tinha me chamado. Estava me puxando para si na lentidão que queria, me puxando para a faca que me aguardava. Eu não ia socorrer o bebê. Ia morrer. Eu estava dominado por um feitiço. Um feitiço de compulsão.

Sentira algo semelhante no rio, mas, na hora, minha mão esquerda e meu braço tinham agido por conta própria para derrubar Mãe Malkin na água. Agora, meus membros estavam tão impotentes quanto o meu cérebro.

Fui me avizinhando de Snout. Sempre mais perto da faca à minha espera. Seus olhos eram os de Mãe Malkin, e seu rosto foi inchando pavorosamente. Era como se a feiticeira dentro dele distorcesse suas bochechas a ponto de estourarem, arregalasse seus olhos a ponto de saltarem das órbitas, eriçasse suas sobrancelhas como pedregulhos ameaçadores; sob elas, aqueles olhos protuberantes, com pupilas de fogo que lançavam uma luz vermelha e maléfica.

Dei mais um passo e senti meu coração bater com força. Outro passo e outra batida forte. Estava bem mais perto de Snout agora. Tum, tum fazia o meu coração, uma batida a cada passo.

Quando estava a uns cinco passos da faca, ouvi Alice correr para nós gritando o meu nome. Vi-a pelo canto do olho, saindo da escuridão para a claridade da fogueira. Vinha direto para Snout, seus cabelos negros varridos para trás, como se estivesse correndo contra um vendaval.

Sem sequer parar, ela chutou Snout com toda a força. Mirou acima do avental de couro e vi a ponta fina do seu sapato desaparecer tão fundo nas banhas da barriga do carniceiro, que apenas o salto permaneceu visível.

Snout soltou uma exclamação, dobrou-se e deixou cair o bebê de Ellie, mas Alice, ágil como um gatinho, caiu de joelhos e aparou-o antes que batesse no chão. Deu, então, meia-volta e correu para Ellie.

No instante em que o bico fino do sapato de Alice bateu na barriga de Snout, quebrou-se o feitiço. Recuperei a liberdade. Liberdade para mover minhas próprias pernas. Liberdade para me agitar. Ou liberdade para atacar.

Snout estava quase dobrado em dois, mas tornou a se aprumar e, embora tivesse largado o bebê, continuava a empunhar a faca. Observei-o brandi-la contra mim. Ele cambaleou um pouco — talvez estivesse tonto ou talvez fosse apenas uma reação ao pontapé de Alice.

Livre do feitiço, uma variedade de sentimentos assomou no meu peito. Senti tristeza pelo que ele fizera a Jack, horror pelo perigo que o bebê de Ellie correra e raiva de que isso pudesse acontecer à minha família. E, naquele momento, eu soube que nascera para ser caça-feitiço. O melhor caça-feitiço que já tinha existido. Eu podia e faria minha mãe se orgulhar de mim.

Veja bem, em vez de me encher de pavor, eu sentia ao mesmo tempo frio e calor. No íntimo, uma tempestade me devastava, uma fúria intensa ameaçava explodir. Por fora, eu estava frio como gelo, minha mente, arguta e clara, minha respiração, lenta.

Enfiei as mãos nos bolsos da calça. Puxei-as depressa, cada mão cheia do que eu guardara ali, e atirei os punhados na cabeça de Snout, uma coisa branca na mão direita e outra escura na esquerda. Elas se juntaram, uma nuvem branca e uma escura, no momento em que atingiram seu rosto e seus ombros.

Sal e ferro — a mesma mistura tão eficiente contra um ogro. Ferro para minar sua força; sal para queimá-lo. Limalha de ferro da borda do balde velho e sal da cozinha de mamãe. Eu só esperava que produzisse o mesmo efeito contra uma feiticeira.

Suponho que receber uma mistura dessa no rosto não faria bem a ninguém — no mínimo, faria a pessoa tossir e cuspir —, mas o efeito em Snout foi muito pior. Primeiro, ele abriu a mão e largou a faca no chão. Depois, seus olhos reviraram e ele foi tombando lentamente para a frente, até cair de joelhos. Em seguida, bateu com a testa no chão com toda a força e seu rosto virou para um lado.

Uma coisa grossa e gosmenta começou a escorrer de sua narina esquerda. Fiquei ali parado, observando, incapaz de me mexer enquanto Mãe Malkin borbulhava e se desenrolava do seu nariz, assumindo a forma que eu lembrava. Sem dúvida, era ela, mas em parte estava igual; em outra, um pouco diferente.

Primeiro porque media menos de um terço da altura que tinha da última vez que a vira. Agora, seus ombros mal ultrapassavam os meus joelhos, embora ainda usasse a capa longa que arrastava pelo chão, e seus cabelos grisalhos e brancos ainda caíssem sobre seus ombros curvados como cortinas mofadas. A pele estava realmente diferente. Brilhosa, esquisita, e meio disforme e esticada. Contudo, os olhos vermelhos não tinham se alterado e me encararam antes de Mãe Malkin se virar e começar a se afastar em direção ao canto do celeiro. Parecia estar encolhendo ainda mais, e me perguntei se aquilo ainda seria efeito do sal e do ferro. Eu não sabia o que mais poderia fazer; por isso, continuei parado ali, observando-a, exausto demais para me mexer.

Alice não ia aceitar aquilo. A essa altura já devolvera o bebê e voltava correndo para a fogueira. Apanhou um pedaço de madeira com uma ponta em chamas e, erguendo-o à frente, avançou para Mãe Malkin.

Eu sabia o que ela ia fazer. Bastaria um toque e a feiticeira desapareceria em chamas. Alguma coisa no meu íntimo não pôde permitir que isso acontecesse, era medonho demais; por isso, segurei-a pelo braço quando passou correndo por mim e rodei-a para fazê-la largar o pau em brasa.

Ela se voltou contra mim, seu rosto cheio de fúria, e achei que ia sentir o bico fino do seu sapato. Em vez disso, ela agarrou o meu braço com tanta força que suas unhas se enterraram na minha carne.

— Endureça ou não sobreviverá! — sibilou ela no meu rosto. — Fazer o que o Velho Gregory diz não será suficiente. Você morrerá como os outros!

Soltou, então, o meu braço e, quando baixei os olhos, vi gotas de sangue onde suas unhas tinham me furado.

— Você tem que queimar uma feiticeira — disse Alice, a fúria em sua voz diminuindo — para ter certeza de que ela não voltará. Enterrá-la não resolve. Só retarda as coisas. O Velho Gregory sabe disso, mas é mole demais para usar o fogo. Agora é tarde...

Mãe Malkin estava dobrando o canto do celeiro e desaparecia nas sombras da noite, minguando a cada passo, a capa preta arrastando no chão às suas costas.

Foi então que percebi que a feiticeira cometera um grande equívoco. Tomara o caminho errado, o que atravessava o chiqueiro maior. A essa altura, ela encolhera o suficiente para caber embaixo da tábua mais rente ao chão.

Os porcos tinham tido um péssimo dia. Cinco deles, abatidos em uma matança desleixada que provavelmente os deixara apavorados. Para dizer o mínimo, não estavam nada bem-humorados e provavelmente não era uma boa hora para invadir o seu chiqueiro. E porcões peludos comem qualquer coisa, sem distinção. Logo, foi a vez de Mãe Malkin guinchar, e seus guinchos se prolongaram por muito tempo.

— Talvez faça o mesmo efeito que o fogo — comentou Alice, quando os gritos finalmente emudeceram. Vi o alívio em seu rosto. E senti-o também. Estávamos os dois contentes que tudo tivesse terminado. Sentia-me cansado, por isso apenas sacudi os ombros sem muita certeza do que pensar, mas, ao olhar para trás em direção a Ellie, não gostei do que vi.

Ela estava assustada e horrorizada. Olhava para nós como se não pudesse acreditar no que acontecera e no que tínhamos feito. Era como se estivesse me vendo direito pela primeira vez. E como se, repentinamente, percebesse quem eu era.

Compreendi também outra coisa. Pela primeira vez, senti na carne o que era ser aprendiz do Caça-feitiço. Eu tinha visto pessoas mudarem de calçada para evitar passar perto de nós. Eu as vira estremecer ou fazer o sinal da cruz só porque tínhamos atravessado sua aldeia, mas não tomara isso como algo pessoal. Na minha cabeça, era uma reação ao Caça-feitiço, e não a mim. Contudo, eu não podia fingir que aquilo não acontecera nem empurrar o que vira para o fundo da minha cabeça. Estava acontecendo comigo pessoalmente e estava acontecendo em minha própria casa.

De repente, eu me senti mais solitário do que jamais me sentira.

CAPÍTULO 14
O CONSELHO DO CAÇA-FEITIÇO

Nem tudo, porém, terminou mal. Jack, afinal, não tinha morrido. Eu não quis fazer muita pergunta porque só serviria para deixar as pessoas aborrecidas, mas, aparentemente, em um minuto Snout ia começar a raspar a barriga do quinto porco com o meu irmão e, no minuto seguinte, o homem enlouquecera e o atacara.

Era apenas sangue de porco no rosto de Jack, que perdera os sentidos com a paulada que levara. Snout, então, entrara em casa e agarrara o bebê. Queria usá-lo como isca para me atrair e enfiar a faca em mim.

Naturalmente, não foi bem como estou contando agora. Não foi, de fato, Snout quem fez essas coisas horríveis. Estava possuído, e Mãe Malkin usava o corpo dele. Umas duas horas depois, o carniceiro se recuperou e voltou para casa intrigado, sentindo a barriga muito dolorida. Pelo jeito, ele não se lembrava do que tinha ocorrido, e nenhum de nós quis informá-lo.

Ninguém dormiu muito àquela noite. Depois de acender um bom fogo, Ellie ficou na cozinha a noite inteira sem perder o bebê de vista. Jack foi dormir com dor de cabeça, e a toda hora acordava e corria para ir vomitar no terreiro.

Pouco mais de uma hora antes de amanhecer, mamãe chegou. Não parecia muito feliz tampouco. Era como se alguma coisa tivesse corrido mal.

Apanhei sua mala e levei-a para dentro de casa.

— A senhora está bem, mãe? — perguntei. — Está com um ar cansado.

— Não se preocupe comigo, filho. Que aconteceu aqui? Sei que alguma coisa não está bem só de olhar para o seu rosto.

— É uma longa história — respondi. — Primeiro vamos para dentro.

Quando entramos na cozinha, Ellie ficou tão aliviada de ver minha mãe que começou a chorar, o que fez o bebê chorar também. Então, Jack desceu e todos queriam falar com mamãe ao mesmo tempo, mas, depois de alguns segundos, desisti porque meu irmão começou com uma de suas lengalengas cansativas.

Mamãe o fez calar-se bem depressa.

— Baixe a voz, Jack — disse-lhe. — Esta ainda é minha casa e não tolero gritaria.

Ele não gostou de ser repreendido daquele jeito diante de Ellie, mas sabia que era melhor não contestar.

Minha mãe fez cada um de nós contar exatamente o que havia acontecido, a começar por Jack. Fui o último, e, quando chegou a minha vez, ela mandou Ellie e Jack irem se deitar para podermos conversar a sós. Não que ela tivesse falado muito. Escutou-me calada, depois segurou minha mão.

Por fim, subiu ao quarto de Alice e passou muito tempo conversando apenas com ela.

O sol havia nascido a menos de uma hora quando o Caça-feitiço chegou. Por alguma razão, eu tinha estado à sua espera. Aguardou-me no portão e fui ao seu encontro; repeti a história, que ele ouviu apoiado no bastão. Quando terminei, meu mestre balançou a cabeça.

— Senti que havia alguma coisa errada, rapaz, mas cheguei tarde demais. Contudo, você agiu certo. Usou sua iniciativa e conseguiu lembrar o que lhe ensinei. Se todo o resto falhar, você sempre poderá apelar para o sal e o ferro.

— Eu devia ter deixado Alice queimar Mãe Malkin? — perguntei.

Ele suspirou e coçou a barba.

— Já lhe disse que é uma crueldade queimar uma feiticeira, e, particularmente, não concordo.

— Suponho, então, que terei de enfrentar Mãe Malkin outra vez.

O Caça-feitiço sorriu.

— Não, rapaz, pode ficar descansado que ela não vai voltar a este mundo. Não depois do que lhe aconteceu no final. Lembra-se do que lhe disse sobre a crença de devorar o coração de uma feiticeira? Então, seus porcos fizeram isso por nós.

— E não foi só o coração. Comeram tudo. Então, estou salvo? Realmente salvo? Ela não vai poder voltar?

— Com certeza, você escapou de Mãe Malkin. Há outras ameaças no mundo que são igualmente perigosas, mas, por ora, você está seguro.

Senti um grande alívio, como se estivessem tirando um peso dos meus ombros. Tinha vivido um pesadelo, e agora, livre da ameaça de Mãe Malkin, o mundo parecia um lugar mais ensolarado, mais feliz. Finalmente, o pesadelo chegara ao fim e eu poderia pensar no futuro.

— Bem, você está seguro até fazer outra tolice — acrescentou o Caça-feitiço. — E não diga que não fará. Quem não erra, nunca faz nada. É parte do aprendizado deste ofício. Muito bem, que faremos agora? — perguntou ele, apertando os olhos para o sol nascente.

— A respeito do quê? — perguntei, sem saber a que se referia.

— Da garota. Pelo jeito, ela terá de ir para a cova. Não vejo como evitar.

— Mas, no fim, ela salvou o bebê da Ellie — protestei. — E salvou a minha vida também.

— Ela usou o espelho, rapaz. É um mau sinal. Lizzie lhe ensinou muito. Demais. Ela nos mostrou que está preparada para usar o que sabe. Que fará a seguir?

— Mas teve boa intenção. Usou o espelho para tentar localizar Mãe Malkin.

— Talvez, mas sabe demais, além de ser muito inteligente. Agora, ela é apenas uma garota, mas um dia será mulher, e uma mulher inteligente é perigosa.

— Minha mãe é inteligente — retruquei aborrecido com o que ele acabara de dizer. — E é boa também. Tudo que ela faz é para o bem. Usa a cabeça para ajudar as pessoas. Teve um ano, quando eu era muito pequeno, que as sombras no morro do Carrasco me apavoraram tanto que não pude dormir. Minha mãe foi lá depois que escureceu e as fez silenciarem. Ficaram quietas durante meses.

Eu poderia ter acrescentado que, em nossa primeira manhã juntos, o Caça-feitiço me dissera que não havia muito que se pudesse fazer com relação às sombras. E minha mãe provara que ele estava errado. Contudo, não disse nada. Já deixara escapar muita coisa e não era preciso dizer mais.

O Caça-feitiço ficou calado, olhando fixamente em direção à casa.

— Pergunte a minha mãe o que ela acha da Alice — sugeri. — Pelo que vi, as duas se dão bem.

— Eu ia mesmo fazer isso — disse o Caça-feitiço. — Já está na hora de termos uma conversinha. Espere aqui até terminarmos.

Observei o Caça-feitiço atravessar o terreiro. Antes que chegasse à casa, a porta da cozinha se abriu e mamãe lhe deu as boas-vindas.

Mais tarde, foi possível recompor alguma coisa do que disseram um ao outro, mas eles passaram juntos quase meia hora, e eu nunca descobri se as sombras teriam ou não entrado na conversa. Quando, finalmente, o Caça-feitiço saiu para o sol, mamãe permaneceu à porta. Ele fez, então, uma coisa incomum — algo que eu jamais o vira fazer antes. Primeiro, pensei que tivesse apenas inclinado a cabeça para se despedir, mas foi um pouco mais do que isso. Fez um movimento com os ombros também. Foi leve, mas muito definido; portanto, não tive a menor dúvida. Ao se despedir de minha mãe, o Caça-feitiço fizera uma pequena reverência. Quando atravessou o terreiro ao meu encontro, parecia estar sorrindo consigo mesmo.

— Agora vou andando para Chipenden — disse-me —, mas acho que sua mãe gostaria que você ficasse mais uma noite. Enfim, vou deixar você decidir sozinho. Ou leva a garota de volta e a prendemos em uma cova, ou a leva para a tia em

Staumin. A escolha é sua. Use o seu instinto para o que é certo. Você saberá o que fazer.

Então, ele partiu, deixando-me com a cabeça tonta. Eu sabia o que queria fazer com Alice, mas teria que ser a coisa certa.

Portanto, pude saborear mais um dos jantares da minha mãe.

Meu pai já tinha voltado, mas havia alguma coisa estranha, uma espécie de atmosfera pairando sobre a mesa como uma nuvem invisível, embora mamãe parecesse feliz de vê-lo. Assim, não foi bem um jantar de comemoração e ninguém falou muito.

A comida, no entanto, estava ótima, um dos ensopados especiais de minha mãe; por isso, não me importei com a ausência de conversas — estava ocupado demais enchendo minha barriga e repetindo o prato antes que Jack raspasse tudo.

Meu irmão recuperara o apetite, mas estava meio quieto como os demais. Sofrera bastante e tinha um enorme galo na testa para comprovar. Quanto a Alice, eu não lhe contara nada sobre a minha conversa com o Caça-feitiço, mas tinha a sensação de que ela sabia. Não falou nem uma vez durante o jantar. A mais quieta, porém, era Ellie. Apesar da alegria de resgatar seu neném, o que tinha presenciado deixara-a muito abalada e eu percebia que ia precisar de tempo para voltar ao seu normal.

Quando todos foram se deitar, mamãe me pediu para ficar. Sentei-me junto à lareira da cozinha, tal como fizera na noite antes de partir para o meu aprendizado. Alguma coisa em seu rosto, porém, me disse que aquela conversa seria diferente. Antes, ela tinha sido firme comigo, mas esperançosa. Confiante de que as coisas dariam certo. Agora, ela parecia triste e insegura.

— Há quase vinte e cinco anos, faço partos no Condado — disse-me, sentando em sua cadeira de balanço — e perdi alguns. Embora isso seja muito triste para a mãe e o pai, é coisa que acontece. Acontece com os animais na fazenda, Tom. Você mesmo já viu.

Assenti. Todo ano nasciam alguns cordeiros mortos. Era de se esperar.

— Desta vez foi pior — continuou mamãe. — Desta vez, a mãe e o bebê morreram, o que nunca me aconteceu. Conheço as ervas certas e como combiná-las. Sei como estancar uma hemorragia grave. Sei exatamente o que fazer. E esta mãe era jovem e forte. Não devia ter morrido, mas não pude salvá-la. Fiz tudo que sei, mas não pude salvá-la. E senti uma dor aqui. Uma dor no coração.

Minha mãe soltou uma espécie de soluço e apertou o peito. Por um horrível instante, pensei que fosse chorar; em vez disso, ela respirou fundo e seu rosto voltou a espelhar sua força.

— Os carneiros morrem, mamãe, e por vezes as vacas, quando estão parindo. Era provável que um dia morresse uma mãe. É um milagre que você tenha trabalhado tanto tempo sem nada acontecer.

Fiz o melhor que pude para consolá-la. Mamãe estava sofrendo muito. Isso a obrigava a olhar para o lado sombrio da vida.

— O mundo está escurecendo, filho. E está acontecendo mais cedo do que eu esperava. Tive esperança de que antes disso você se tornasse adulto, com anos de experiência a que recorrer. Por isso vai precisar escutar com atenção tudo que o seu mestre disser. Cada pequeno detalhe contará. Você vai ter que se preparar o mais rápido que puder e se concentrar em suas aulas de latim.

Ela fez uma pausa e estendeu a mão.

— Deixe-me ver o livro.

Quando o entreguei, ela folheou as páginas, parando aqui e ali para ler algumas linhas.

— Ajudou? — perguntou.

— Não muito — admiti.

— Foi seu mestre quem escreveu este livro. Ele lhe disse?

Balancei a cabeça negativamente.

— Alice disse que foi escrito por um padre.

Mamãe sorriu.

— Seu mestre foi padre. Foi por **aí que** começou. Sem dúvida, ele irá lhe contar um dia. Deixe que lhe conte quando achar oportuno.

— Foi isso que a senhora e o sr. Gregory conversaram? — perguntei.

— Isso e outras coisas, mas principalmente sobre Alice. Ele me perguntou o que eu achava que devia acontecer com ela. Respondi que devia deixar você decidir. Então, já decidiu?

Sacudi os ombros.

— Ainda não tenho certeza do que fazer, mas o sr. Gregory disse que eu devia usar o meu instinto.

— É um bom conselho, filho.

— Mas, qual é a sua opinião, mamãe? Que disse ao sr. Gregory sobre Alice? Ela é uma feiticeira? Pelo menos me diga isso.

— Não — disse mamãe lentamente, pesando suas palavras com cuidado. — Ela não é uma feiticeira, mas um dia será. Nasceu com o coração de uma feiticeira e não tem muita escolha, senão seguir o seu destino.

— Então, ela deve ir para a cova em Chipenden — disse tristemente, baixando a cabeça.

— Lembre-se de suas aulas — disse mamãe severamente. — Lembre-se do que seu mestre lhe ensinou. Existe mais de um tipo de feiticeira.

— A "benevolente". A senhora quer dizer que Alice pode vir a ser uma feiticeira boa que ajuda os outros?

— Talvez sim. Talvez não. Você sabe o que realmente acho? Talvez você não queira ouvir.

— Quero.

— Alice talvez não venha a ser boa nem má. Poderá ficar entre uma coisa e outra. Isso a tornaria uma pessoa perigosa de se conhecer. Essa garota poderia ser um atraso em sua vida, uma praga, um veneno em tudo que você viesse a fazer. Ou poderia ser a melhor e mais forte amiga que você viesse a ter. Alguém que faria toda a diferença no mundo. Só não sei para que lado ela irá. Não consigo ver, por mais que me esforce.

— Mas, afinal, como poderia ver, mamãe? — perguntei. — O sr. Gregory diz que não acredita em profecias. Disse que o futuro não é imutável.

Minha mãe pôs a mão no meu ombro e me deu um aperto animador.

— Sempre nos sobra alguma escolha. Talvez, uma das decisões mais importantes que você tomará na vida será o que fazer com Alice. Agora vá se deitar e durma bem, se conseguir. Decida amanhã, quando o sol estiver brilhando.

Teve uma coisa que não perguntei a minha mãe: como ela conseguira silenciar as sombras no morro do Carrasco. Era o meu instinto agindo. Eu simplesmente sabia que era um assunto que ela não gostaria de abordar. Em uma família, há certas coisas que não devemos perguntar. A gente sabe que nos dirão quando chegar o momento.

Partimos assim que amanheceu, meu coração lá embaixo nas botas.

Ellie me acompanhou ao portão. Parei, mas fiz sinal para Alice continuar, e ela subiu o morro, saltitante, balançando os quadris, sem olhar para trás nem uma vez.

— Preciso lhe dizer uma coisa, Tom — falou Ellie. — Me dói fazer isso, mas precisa ser dito.

Percebi pelo seu tom de voz que ia ser desagradável. Concordei, infeliz, e fiz força para fitá-la nos olhos. Fiquei chocado ao ver que lágrimas corriam deles.

—Você continua a ser bem-vindo aqui, Tom — disse Ellie, alisando os cabelos para trás e tentando sorrir. — Isso não mudou. Mas temos que pensar em nossa filha. Portanto, você será bem-vindo, mas não depois do anoitecer. Sabe, foi isso que deixou o Jack muito mal-humorado ultimamente. Não quis lhe falar sobre os sentimentos dele, mas tenho que fazer isso agora. Ele não gosta do seu ofício. Nem um pouco. Tem arrepios. E teme pelo bebê.

"Estamos com medo, entende? Estamos com medo de que, se você estiver aqui depois de anoitecer, possa atrair outra coisa. Ao retornar, possa trazer algo ruim, e não queremos pôr em risco a nossa família. Venha nos visitar de dia, Tom. Venha nos ver quando o sol estiver no céu, e os pássaros, cantando."

Ellie me abraçou, o que só piorou a situação. Percebi que alguma coisa se colocara entre nós e que tudo mudara para sempre. Tive vontade de chorar, mas consegui me conter. Nem sei como. Senti um grande nó na garganta e não consegui falar.

Observei Ellie voltar para a casa e concentrei minha atenção na decisão que precisava tomar.

Que deveria fazer com Alice?

Acordara convencido de que era o meu dever levá-la para Chipenden. Parecia a coisa certa a fazer. A coisa segura. Era como uma obrigação. Quando dei os bolos a Mãe Malkin, tinha deixado o coração me dominar. E veja o que aquilo causara. Portanto, o melhor talvez fosse enfrentar Alice agora, antes que fosse tarde demais. O próprio Caça-feitiço tinha dito que era preciso pensar nos inocentes que poderiam vir a sofrer no futuro.

No primeiro dia de viagem, não nos falamos muito. Apenas lhe disse que íamos voltar a Chipenden para ver o Caça-feitiço. Se Alice sabia o que ia lhe acontecer, ela não se queixou. Então, no segundo dia, quando nos aproximamos da aldeia e já estávamos começando a subir a encosta das serras, a pouco menos de dois quilômetros da casa do Caça-feitiço, contei a Alice o que estava guardando em meu peito, o que andava me preocupando desde que percebera o que continham os bolos.

Estávamos sentados na relva de um barranco à beira de uma estrada. O sol se pusera e a claridade começava a desaparecer.

— Alice, você mente? — perguntei.

— Todo mundo às vezes mente. Eu não seria humana se não mentisse. Mas, na maior parte do tempo, digo a verdade.

— E naquela noite em que fiquei preso na cova? Quando lhe perguntei sobre os bolos. Você me disse que não tinha havido outra criança na casa de Lizzie. Era verdade?

— Não vi nenhuma.

— A primeira que desapareceu era apenas um bebê. Não poderia ter saído andando sozinho. Você tem certeza?

Alice confirmou em silêncio e, em seguida, baixou a cabeça, olhando fixamente para a relva.

— Suponho que talvez tenha sido levada pelos lobos. Foi o que os garotos da aldeia pensaram.

— Lizzie disse que tinha visto lobos por lá. Talvez tenha sido isso — concordou Alice.

— E quanto aos bolos, Alice? O que havia dentro?

— Gordura de carneiro e pedacinhos de porco. Farelo de pão também.

— E o sangue? Sangue animal não teria sido suficientemente bom para Mãe Malkin. Não, quando precisava de força para entortar as barras sobre a cova. Então, de onde veio o sangue, Alice, o sangue que usaram nos bolos?

Alice começou a chorar. Esperei pacientemente que terminasse e repeti a pergunta.

— Então, de onde veio?

— Lizzie disse que eu ainda era criança. Usaram o meu sangue várias vezes. Mais uma vez não faria diferença. Não dói muito. Não, quando a gente se acostuma. E como eu poderia impedir Lizzie?

Dito isso, Alice arregaçou a manga do vestido e me mostrou seu braço. Ainda havia luz suficiente para ver as cicatrizes. E havia muitas — algumas antigas; outras, relativamente novas. A mais recente ainda não sarara direito. Ainda sorava.

— Tem outras, muitas mais. Mas não posso mostrar todas — disse Alice.

Eu não soube o que responder; por isso, me calei. Já tinha, no entanto, me decidido, e logo em seguida saímos pela noite nos distanciando de Chipenden.

Eu tinha resolvido levar Alice direto para Staumin, onde morava sua tia. Não conseguia tolerar a ideia de que pudesse acabar em uma cova no jardim do Caça-feitiço. Era terrível demais — e lembrei-me de outra cova. Lembrei-me de como Alice me ajudara a sair da cova de Tusk, pouco antes de Lizzie ir buscar os meus ossos. Acima de tudo, porém, tinha sido o que Alice acabara de me dizer que me fizera mudar de ideia. No passado, ela tinha sido um dos inocentes. Alice também fora uma vítima.

Subimos o pico do Parlick, depois rumamos para a serra do Blindhurst ao norte, sempre caminhando pelas terras altas.

Gostei da ideia de ir a Staumin. Era perto do litoral e eu nunca vira o mar antes, exceto do alto das serras. A rota que escolhi era mais do que indireta, mas tive vontade de explorar a região e gostei de estar ali no alto, perto do sol. Alice não pareceu se incomodar.

Foi uma boa viagem e gostei da companhia dela; pela primeira vez, de fato, começamos a conversar. Ela me ensinou algumas coisas. Conhecia o nome de um número maior de estrelas do que eu e era realmente boa caçadora de lebres.

Quanto às plantas, ela era uma especialista em algumas que o Caça-feitiço sequer mencionara, como o mortífero meimendro e a mandrágora. Não acreditei em tudo que me disse, mas, mesmo assim, fui anotando porque ela aprendera com Lizzie e achei que seria útil saber no que uma bruxa acredita. Alice era, sem dúvida, perita em distinguir os cogumelos comestíveis dos venenosos, alguns deles tão perigosos que uma mordida podia paralisar o coração ou enlouquecer a pessoa. Eu carregava o meu caderno comigo e, sob o título "Botânica", acrescentei mais três páginas de informações úteis.

Certa noite, quando estávamos a menos de um dia de Staumin, pernoitamos em uma clareira na mata. Tínhamos assado duas lebres nas brasas de uma fogueira até a carne ficar tão macia que chegava a derreter na boca. Depois da refeição, Alice fez uma coisa realmente estranha. Virou-se para mim, me olhou no rosto e segurou minha mão.

Ficamos sentados assim durante muito tempo. Ela olhava fixamente para as brasas na fogueira enquanto eu contemplava as estrelas. Não queria largar sua mão, mas fiquei bem confuso. Minha mão esquerda segurava a dela e eu me sentia culpado. Sentia que estava de mãos dadas com as trevas e sabia que o Caça-feitiço não gostaria daquilo.

Não havia maneira de escapar à verdade. Um dia, Alice seria feiticeira. Foi, então, que compreendi que mamãe estava certa. Não tinha relação alguma com profecias. Via-se nos olhos de Alice. Ela sempre estivera a meio caminho, nem totalmente boa nem totalmente má. Contudo, não era isso que acontecia com todos nós? Ninguém era perfeito.

Por isso, não retirei minha mão. Fiquei simplesmente sentado ali, uma parte de mim sentindo prazer em segurar sua mão, o que era certo consolo depois de tudo que acontecera, enquanto a outra parte transpirava culpa.

Foi Alice quem se afastou. Ela desprendeu a mão da minha e, em seguida, tocou o meu braço no lugar em que suas unhas tinham me furado na noite em que destruímos Mãe Malkin. Viam-se claramente as cicatrizes à luz das brasas.

— Pus minha marca em você — disse ela com um sorriso.
— Nunca mais desaparecerá.

Achei aquilo uma coisa estranha para alguém dizer, e não tive certeza do que significava. Lá em casa, púnhamos a nossa marca no gado. Fazíamos isso para mostrar que nos pertencia e para impedir que as reses fujonas se misturassem às dos vizinhos. Mas, como eu poderia pertencer a Alice?

No dia seguinte, descemos para uma grande planície. Uma parte era coberta de musgo, e a parte pior, de lama, mas acabamos achando o nosso caminho para Staumin. Nunca cheguei a ver a tal tia porque a mulher se recusou a aparecer para falar comigo. Apesar disso, concordou em receber Alice; então, não tive do que me queixar.

Perto havia um rio grande e largo, e, antes de partir para Chipenden, caminhamos juntos pela margem até o mar. Não fiquei muito impressionado. Era um dia cinzento e ventava, as águas estavam da mesma cor que o céu, e as ondas, altas e violentas.

— Você vai ficar bem aqui — disse eu, tentando parecer animado. — Deve ser bonito quando faz sol.

— Vou procurar aproveitar o máximo — respondeu Alice. — Não pode ser pior do que Pendle.

De repente, tornei a sentir pena dela. Por vezes, eu me sentia solitário, mas pelo menos podia conversar com o Caça-feitiço; Alice nem sequer conhecia a tia direito, e o mar agitado fazia tudo parecer desolado e frio.

— Olhe, Alice. Imagino que não voltaremos a nos encontrar, mas, se algum dia você precisar de ajuda, procure mandar me avisar — ofereci.

Suponho que tenha dito isso porque Alice era a pessoa mais próxima de uma amiga que eu conhecia. E, como promessa, não era tão idiota quanto a primeira que eu fizera. Não me comprometi realmente com nada. Da próxima vez que ela me pedisse alguma coisa, eu falaria com o Caça-feitiço primeiro.

Para minha surpresa, Alice sorriu e surgiu uma expressão diferente em seus olhos. Fez-me lembrar o que meu pai tinha dito: às vezes, as mulheres sabiam de coisas que os homens ignoravam — e quando a gente desconfiava disso, nunca devia perguntar o que estavam pensando.

— Ah, nós voltaremos a nos encontrar — disse Alice. — Não tenho a menor dúvida.

— Preciso ir andando agora — disse, virando-me para partir.

— Vou sentir a sua falta, Tom. Não será o mesmo sem você.

— Vou sentir a sua falta também, Alice — respondi com um sorriso.

Quando as palavras saíram, pensei que tinha dito aquilo por gentileza. Contudo, não fazia nem dez minutos que eu pegara a estrada, quando percebi que estava enganado.

Havia sinceridade em cada palavra que eu tinha dito e eu já estava me sentindo solitário.

Escrevi quase tudo de memória, mas retirei algumas partes do meu caderno e do meu diário. Estou de volta a Chipenden agora, e o Caça-feitiço se mostra satisfeito comigo. Acha que estou realmente fazendo progressos.

Lizzie Ossuda está na cova em que o Caça-feitiço costumava prender Mãe Malkin. As barras foram consertadas e ela certamente não irá receber de mim bolos da meia-noite. Quanto ao Tusk, foi enterrado no buraco cavado para me servir de sepultura.

O coitado do Billy Bradley voltou para o seu túmulo fora do adro da igreja de Layton, mas, pelo menos, recuperou os polegares. Nada disso é agradável, mas faz parte do ofício. A pessoa tem que gostar ou se conformar, como diz meu pai.

Há mais uma coisa que preciso contar. O Caça-feitiço concorda com o que mamãe disse. Ele acha que os invernos estão ficando mais longos e que as trevas estão ganhando força. Ele tem certeza de que o trabalho vai se tornar cada vez mais espinhoso.

Com isso em mente, vou continuar a estudar e aprender — e, como disse mamãe, nunca se sabe o que se é capaz de fazer sem ter experimentado. Portanto, vou experimentar. Vou experimentar com o maior empenho possível, porque quero que ela se orgulhe muito de mim.

Agora sou apenas um aprendiz, mas um dia serei o Caça-feitiço.

Thomas J. Ward

Impresso no Brasil pelo
Sistema Cameron da Divisão Gráfica da
DISTRIBUIDORA RECORD DE SERVIÇOS DE IMPRENSA S.A.
Rua Argentina 171 – Rio de Janeiro, RJ – 20921-380 – Tel.: 2585-2000